王文杰◎著

异闻录

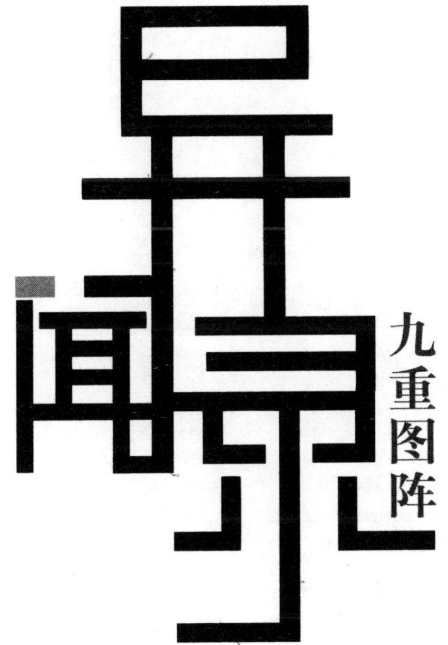

九重图阵

天津出版传媒集团
天津人民出版社

图书在版编目（CIP）数据

异闻录：九重图阵 / 王文杰著 . -- 天津：天津人民出版社，2018.8
ISBN 978-7-201-13541-0

Ⅰ . ①异… Ⅱ . ①王… Ⅲ . ①推理小说 – 中国 – 当代
Ⅳ . ① I247.5

中国版本图书馆 CIP 数据核字 (2018) 第 155940 号

异闻录：九重图阵
YI WEN LU : JIU CHONG TU ZHEN
王文杰 著

出　　版　天津人民出版社
出 版 人　黄　沛
地　　址　天津市和平区西康路 35 号康岳大厦
邮政编码　300051
邮购电话　（022）2332469
网　　址　http://www.tjrmcbs.com
电子信箱　tjrmcbs@123.com

责任编辑　章　赪
封面设计　王　鑫

制版印刷　北京雁林吉兆印刷有限公司
经　　销　新华书店
开　　本　620 × 899 毫米　1/16
印　　张　15
字　　数　100 千字
版次印次　2018 年 8 月第 1 版　2018 年 8 月第 1 次印刷
定　　价　49.00 元

自序

这本书源于我叔叔林宇讲述给我的一个真实事件。

经过他的同意之后，我决定把它写成一本现实主义小说。当然，为了避免不必要的麻烦，我把故事的主角、发生地以及涉及隐私的部分全部用假称代替。

在我了解这个“事件”的原型后，才发现它不单单是一个“事件”。随着搜集到的素材增多、线索累积，原以为十分容易的一本小说，却在我的手上难于攻克。毕竟，它是一件带着悬念性质，却真实发生过的事情。我想把它原汁原味地呈现给读者，必然要经过一番精心设计。尤其是暴风雪山庄式的悬疑小说，它是一场作者与读者捉迷藏的游戏。

被读者捉到，我就输了。我明知道这条路不好走，却要逆天行之。

这本书起笔后，我在上海认识了作家郭敬明，同他学习到了很多写作技巧。自那之后，我也认识了很多写悬疑小说的作家。通过和他们的交流，我更加明白，在悬疑写作的路上，前面有太长的路在等我。

在我为这部小说敲上最后一个符号后，我把自己的小说发给畅销书《十宗罪》的作者蜘蛛兄过目，没想到第二天他就回复了我。他在留言里说，他一口气通读完我的作品。这让我十分愉悦。

同时，他也指出小说不足的地方。他说，身为一个优秀的作家，创作出一部暴风雪山庄模式的推理小说，一定要注意情节的构架和语言的精练。正如武学大师所说的“一寸短一寸险”，写小说亦是如此。暴风雪山庄杀人模式的小说，要的就是这份“短”和“险”。

我经历了一番思想斗争，把一部有二十几万字的小说，狠心删减到了十万字。我相信蜘蛛兄的言辞，一部好的小说不是取决于字数，更多的是取决于它内文的设计、布局的巧妙。

书稿改版后，周浩晖给了我很高的评价，这才让悬在我心头的一块石头落了地。

谢谢周浩晖先生的赞扬。

更谢谢蜘蛛兄的批评。

还有一个人，虽然相隔甚远，但总有一种无形的东西把我们连在一起。她跟写作这件事无关，但我出版的每一本书，第一个想到要寄去的人就是她。这本书当然也是。

王文杰

目　录

Contents

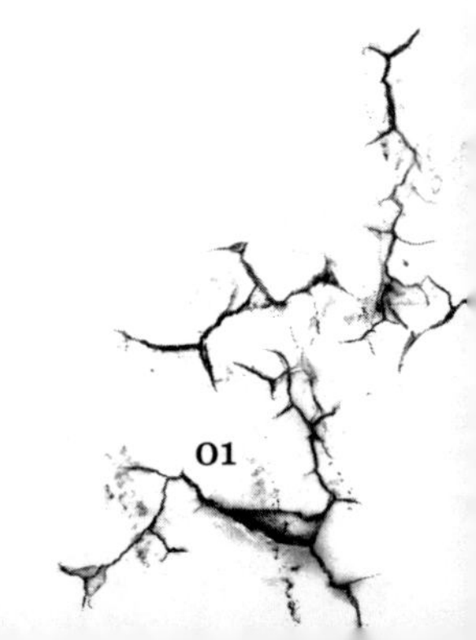

楔　子

六年前，也跟此刻这个寒冷的冬日一样，整座城市被白色大雪层层包裹。这让我叔叔林宇想起了一栋白色的哥特式别墅，曾有一群人入住其中，他们经历了这一生最匪夷所思的事情。

在我的认知中，白色哥特式的建筑多见于国外。而我没听过这个“故事”之前，总觉得那只不过是一栋别墅，没有什么了不起。

我的想法被叔叔得知后，他点燃一根烟，吐出白色烟雾，目光飘出窗外，讲起了六年前踏上艾里克湖之旅的全部过程。

2004 年 1 月 28 日。

早上下了一场大雪。林宇带着妻子沈晓云，一起前往艾里克湖欣赏当地的风景。若不是当时他和沈晓云正在闹别扭，想借此机会挽回即将走到瓦解边缘的婚姻，恐怕以他这个老侦探的性格，才不会参加什么免费旅游的活动。

与林宇同行的还有他的好哥们儿，蔡天。

在漂亮的导游琴琴的带领下，他们三个和另外七个不认识的人一起跟团走。大巴车从天涯市出发，一路向北，经过两天一夜的火车，赶上最后一班长途汽车，前往克拉玛依的艾里克湖景区。

他们看到延绵不绝的山脉，山峰上布满皑皑积雪，这种在画卷中才能看到的景色，令人沉醉。琴琴告诉大家，他们即将前往的地方，比这儿漂亮几百倍。

一路上大家都很少说话，只有琴琴在讲解这次行程的路线，他们预计要用一周时间徒步环绕艾里克湖，抵达阿勒泰地区，然后返回天涯市。

林宇和沈晓云各怀心事，林宇想跟沈晓云求和，而沈晓云一副不买账的样子，冷眼相对。无奈之下，林宇靠在车上半眯着眼睛。他内心满是疑惑，蔡天怎么搞到的免费旅游券，难道这一车人都是免费旅游的？

历经了长途跋涉，一行人从车上走下来的时候，全都惊呆了。这里并没有林宇想象中的那么温柔，凛冽的寒风吹打着脸庞，给人一种坠入万丈冰窟的感觉，只剩下四周的白色，让人找不到方向。

寒风夹杂着冰屑迎面吹来，让人睁不开眼睛。琴琴领着他们走过一个窄窄的雪坡，眼前出现了一座木吊桥。

吊桥的两边是两条黑色绳索，上面布满了白色的积雪，狂风将吊桥吹得左右摇晃。林宇的目光也在那一瞬间被吸引了过去，他努力睁大双眼，试图在白茫茫的一片中寻找自己想要的答案。

所有人站定在吊桥前，等风稍稍小了下来，吊桥晃荡的程度也有所减弱，大家纷纷快速通过吊桥，唯独剩下林宇和沈晓云。

沈晓云的胆子很小，看着摇摇晃晃的吊桥踌躇不前。林宇见到她胆战心惊的样子，微微皱眉，上前拉住沈晓云的手，随后抱起她，大步流星地走过吊桥。

过了吊桥后，暴风和冷空气越来越猛烈了，琴琴带领大家继续走在蜿蜒曲折、布满积雪的山路上。

山峰上的景致让游客们心生感叹，终年不化的积雪与悬挂的银白色冰川，每一处都透着雄浑巍峨、冷峻圣洁的美感。这和天涯市的景色全然不同，有着独特的异域风情。

林宇也被面前的景色所震撼。

走了没多久，林宇突然感到脚下有一种奇怪的震感。导游琴琴也察觉到不对劲儿，大喊了一句："不好了，雪崩！"

突如其来的变故让所有人措手不及，琴琴在惊慌中迅速安排大家有序地朝一个方向逃窜，可大家逃跑的速度比不过雪崩。林宇回头一看，一团团白色的雪球快速地从山上滚下来，逐渐逼近他们，所有人的生命都处于死亡的边缘。

终于离山和雪球越来越远，连导游也分辨不出众人眼下到底身在何处。大家被风吹得身上都是厚厚的一层白雪，步履蹒跚地往前走着。

不知走了多久，众人的眼前出现了一栋白色的建筑物，它就像一座海市蜃楼一般出现在大家面前，离奇到让人说不出缘由。

那栋白色的哥特式建筑在一个巨型湖泊上倾斜着，宛如漂浮在结冰的湖面上，完全和湖面融为一体。别墅是白色的，湖面被雪掩盖着也是白色的，完全分辨不出它究竟是怎么建成的。别墅很大，几只黑色的鸟偶尔发出悲鸣声，好比奇幻电影中的场景。

第一章　哥特式别墅

（1）

时间回到2004年1月26日，雪崩发生前。

隆冬夜里下着茫茫大雪，街道上行人稀少，偶尔可以听到远处传来几声犬吠，两旁的白桦树上满是白雪，空气似乎都在瞬间冻结。

一间幽暗的房间里传出手指敲击键盘的声音。和每个自由撰稿人一样，蔡天的脸色苍白，眼睛通红，头发乱得如同鸡窝，看他满头的头油和头皮屑就知道，他很久没有洗头了。

电脑桌上放着手机和一个塞满烟头的烟灰缸，蔡天对着电脑word文档上的文字，他嘴里还叼着一根烟，徐徐吐出白色的烟雾。这是蔡天最新构思的一本关于“暴风雪山庄”的推理小说，这本书的灵感来源于阿加莎的《无人生还》和悬疑电影《闪灵》。在构思完大纲之后，他以每天五千字的速度写着。

蔡天认为，这是他构思最精巧的一本小说，完成后定能冲击整个图书市场。它一定会成为畅销书，让蔡天这个三流的悬疑作家一跃成为大咖，能够大赚一笔稿费。

在蔡天停下手，欣赏着自己写出来的桥段时，手机震动扰乱了他的思绪。他瞄了一眼，是一个陌生的号码。

蔡天本想先看完这一段，可耳边一直响着“嗡嗡”声，让他完全不能静下心来。他一副不耐烦的样子抓起手机，接通电话。

“谁啊？”蔡天咆哮着。

“蔡天先生，您好。”电话里响起一个十分优美的女声，“我们游图旅行社回馈新老用户，选出十个人作为幸运者，免费游新疆克拉玛依艾里克湖一周，您是幸运者之一。”

“骗子！”蔡天刚要挂断电话，又觉得不对，突然想到去年他的确曾经报过这样的一个旅行社，却因为行程原因没有去成，“你是哪个旅行社？”

“游图旅行社。”电话另一端说道，“蔡先生，作为这次回馈活动的幸运者，您可以带上两名家人或者朋友，请您和您的朋友在后天早上八点到我们旅行社集合哦！”

“好。”挂断了电话，蔡天微微皱眉，旋即嘴角露出一丝不易察觉的笑容。

既然是旅行，怎么能少了他的好哥们儿林宇呢？

蔡天拨通了林宇的电话。林宇接起电话，用疲惫的声音问道："大作家，怎么想起我了？"

"是啊，刚刚接了一个神秘电话。"蔡天故作神秘，"你还记不记得去年我们想去新疆旅游的事情？"

"记得，那时候咱俩有事没去成，晓云为此还把咱俩训了一顿！"林宇压低声音回应道，"说起这个，我还要和你说一件事呢！去年我们报的游图旅行社给我打电话，说我……"

"你不会也是幸运者吧？"蔡天打断林宇的话，"刚刚我也接到了旅行社的电话，还说可以邀请两个朋友，所以我找你……"

"果然是兄弟，连中奖都一起！"林宇脸上洋溢出了笑容，"这样好了，我们一会儿老地方见，咱俩也庆祝一下，喝两杯。"

"好，一会儿见。"

蔡天挂了电话，洗了个澡，顺便洗了头，出门前把稿子保存后关了电脑。

八点半，天上还飘着雪花，呼出的热气在一瞬间变成白雾状。蔡天瑟缩了一下身体，没想到已经这么冷了。也难怪，他好几天都没有出门了，他完全不了解外面是什么温度。

蔡天走出去很远，才看到一辆出租车向他开过来。上车后，他塞给司机五十块钱，让他以最快的速度赶到如梦酒吧。

如梦酒吧位于两家中间的一个偏僻街道上，他们俩经常凑到这里喝一杯，说一些男人之间的话题。蔡天推开酒吧的门，一眼就看到坐在三号桌子的林宇。此时的林宇正端着一杯烈酒，猛灌下肚，辛辣的酒味儿充斥着他的口腔。

蔡天走过去拉过一把椅子坐下，点了一杯和林宇一样的酒，拿出烟递给林宇，问道："你这是怎么了？愁眉不展的样子，被嫂子欺负了？"

"怪不得你是写小说的，一语中的。"林宇又灌了一杯酒，"不过不是被她欺负。我觉得她最近很奇怪。给她打电话，不是打不通，就是关机。偶尔打通了，我主动要求接她下班，她就开始搪塞，我怀疑……怀疑……"

"出轨？"蔡天一语戳破。

"只是怀疑啊！你和晓云是同学，你帮我分析一下，会吗？"林宇心情沉重，哪个男人遇到这种情况都不好过。

"这可说不好啊！晓云那么漂亮，上大学的时候追求者就很多，何况你又不是特别优秀，有危机感是对的！"蔡天戏谑地说道，"要不，正好趁着这次旅行的机会，你把她带出来，说不定就能够缓解你们俩之间的嫌隙呢？"

林宇陷入了沉思，他知道沈晓云一直想出去旅行，他却因为工作的原因始终没有了却她的心愿。这一次，果真是个机会。

"唉，你说，我是不是太敏感了？"林宇眉头依然没有舒展，"如果婚姻走到了尽头，真不知道以后我怎么走下去。"

"兄弟，干嘛这么沮丧啊！我觉得，以晓云的性格，她不会的。"蔡天拍了拍林宇的肩膀，"再说了，不都说新疆是浪漫的地方嘛，是爱情滋生的源泉，正好增加一下你们俩的亲密度！我可听说，艾里克湖是个风景优美的地方，还有雪山呢！”

林宇的脑海里勾画出了一幅雪山的景象，晓云漂亮的脸蛋浮现在他的眼前，或许这真是一个机会。

“这么神秘的地方，对你写作肯定也有帮助吧。咱们就这么约好了！”林宇举杯和蔡天碰了一下，“喝，今晚不醉不归！”

“喝！”蔡天眼神里迸发着一种渴望。

作为一名悬疑作者，他很期待此次的特殊旅行，或许，这就是一个好机会。

美丽的新疆，神秘的克拉玛依，令人神往的艾里克湖，所有的一切都像是为蔡天精心准备的，他期待这次旅程。

两个人喝得酩酊大醉，十点多才从酒吧离开，一个向左，一个向右，背道而行……

（2）

冬季的冷风吹着林宇的脸，让他顿时清醒了三分。

从大学毕业后，林宇就扎根在天涯市，到现在已经五年了。他从一个无名小卒，到成为一家侦探社的侦探，都是这些年一步一个脚印努力走出来的。可即便这样，林宇依然自卑。

因为沈晓云，那个如花似玉的女人。

沈晓云被蔡天介绍到天涯影视公司上班，她是一个名副其实的大美女，有太多的追求者，收入也比林宇高出一大截，这让原本外貌就不是很出众的林宇感到自卑。影视圈里鱼龙混杂，沈晓云表面上看着洁身自好，可也难免沾染上一些不好的习气。

喝酒、彻夜不归、要求和林宇分房睡，这让林宇的心中像堵了一块大石头。他总是在不断自我安慰，认为这一切都不是出轨的征兆，只是她太累了。

风吹着林宇的发丝，他摸了一下冰冷的脸颊，想到了美丽的艾里克湖。那个令人神往的地方，沈晓云一定会很喜欢的。

林宇想第一时间和沈晓云分享这种快乐。因为始终打不通沈晓云的电话，他便招手打了一辆出租车，直奔沈晓云的公司。

早已过了下班时间，林宇等了足足半个小时，沈晓云却一直没有出现。

林宇正要进门找她的时候，两个人从大门摇摇晃晃地走了出来。

他看到，一个中年男人，穿着一身西装，手里挽着一个女人。对这种庸俗人士，林宇向来嗤之以鼻。可他的目光却盯在挽着肥胖男人手臂的女人身上。她笑靥如花地和他谈笑风生，完全没注意到林宇。

她就是沈晓云。

林宇的拳头握得“咯咯”响，他用极快的速度冲上去，对着男人的脸就是狠狠一拳。他嘴里咒骂着：“老子今天不打你，就不姓林！”

“你，你谁啊？”胖男人摸着被打的脸咆哮道，“保安！保安！”

“老子就是打你，老东西！”林宇又朝他脸上吐了一口唾沫，扬起手又是几拳。

沈晓云被吓傻了，连忙上去拦住了林宇，又忙不迭地和地上的男人解释道：“赵总，不好意思，他是我老公，可能误会我们了，他太鲁莽了！我替他向你道歉……”

“道歉？道什么歉？”林宇听到这句话更生气了，“难道我就要看着自己的老婆和别人……”

“哎哟，我说是谁呢！”赵总从地上爬起来，擦着嘴角的血，满是讽刺地对林宇说，“原来你就是那个吃软饭的小白脸啊！不过，看你长得一般，好意思当小白脸！哈哈哈……”

“你！”林宇还要再揍赵总，一把被沈晓云拉住。

“林宇，你能不能成熟点儿！”沈晓云对他吼道。

“晓云！我……”林宇的语气软了下来，可看向赵总的目光依然火辣，“我还不是为了你……”

沈晓云迟疑了一下，拉着林宇离开了公司。

走了没多远，她拦了一辆出租车，把林宇塞了进去，自己也上了车。

客厅没有开主灯，只亮着一盏壁灯，两个人坐在米白色的沙发上，一言不发。

林宇不知道怎么开口，所有的情绪都哽咽在喉咙里，难以下咽，又无法表达。

沈晓云拿出一根薄荷香烟点上，吐出白色烟雾，幽幽开口道："林宇，我们离婚吧。"

林宇愣住了，他以为自己产生了错觉，疑惑地看向对方，不解地说："晓云，别开玩笑了！"

"我没有开玩笑，我们离婚吧。"沈晓云这次说得很慢，一字一顿让他听清楚每一个字。

"不要！"林宇猛然抓住了沈晓云的手，激动地摇晃着她，"晓云，不要离开我，不要！"

"林宇，我们已经结束了，你自己应当很清楚……"沈晓云从林宇的手中挣扎开，"我们有太多的隔阂，甚至……"

"不，不对！这都不是你要和我分开的理由……"林宇拼命地盯着沈晓云的脸，想要从她面部细微的表情里找到答案，"你，你有新欢了，对吗？"

一语道破，沈晓云叹了一口气，没有回应林宇的话，算是默认了。

看到她那种表情，林宇明白了。

两个人重新回到了尴尬的气氛，不知道应该如何进行下去。

半个小时后，林宇主动提出："晓云，在我们分开之前，你答应我最后一个请求吧，算是我送给你的分手礼物。"

沈晓云想都没想，点头答应了下来，已经到最后了，她知道他不会再闹出什么花样了。

林宇故作神秘地没有说出后天的行程，只是让沈晓云好好休息，后天早上他要给她一个惊喜。

当沈晓云听到“后天早上”这几个字的时候，嘴唇微微动了一下。后天早上，她订好了出去游玩的旅行社，不知道会不会受到林宇的影响而产生变故。

（3）

天气阴冷，房间里没有一丝暖意。客厅里，何天博搂着妻子胡佳，窝在沙发上看电视。

何天博在妻子耳旁亲昵地说：“佳佳，旅行社给我发了一个免费旅行的邀请函，说我可以带两个人一起去。我在想，要不要我们出去玩一周呢？”

“真的假的？不是骗子吧？”胡佳瞥了何天博一眼。

“当然不是了！你还记得咱俩旅行结婚时的那家旅行社吗？就是他们发出的邀请。你想不想去？”何天博揉着胡佳的肩膀，“你最近也很累，就当休息了，行吗？”

“是真的吗？不会是骗人的吧？”胡佳挣脱老公的怀抱，“现在骗子那么多， 你不会上当了吧？”

“不可能！我们跟着这个旅行社游玩过，就是游图旅行社，这个活动就是他们组织的。你老公我，可是幸运者呢！”何天博嘴角露出笑意来，“怎么样，带两个人的名额，我只带你一个人，怎么样？”

胡佳一听有这种好事，当然巴不得出去玩一圈。不过，既然有两个名额，剩下的也不能浪费啊。她抬头看到正在厨房收拾东西的保姆田丽，于是提议：“反正是免费的，把田丽也带上吧！留她在家里也没有什么活儿，就当我们发给她的年终福利好了！”

何天博有些出乎意料，没想到平时那么不待见田丽的她，竟然能够主动提出来。其实，胡佳只是贪图小便宜罢了。

“好，都随你，只要你高兴！”何天博伸了一个懒腰，“我要去休息了，你和田丽说吧。”

田丽手脚并用地忙活着。自从她到这个家工作，经常被训斥，还总被克扣工资。若不是何天博经常帮着她，她早就不干了。

胡佳站在厨房门口，转了转眼睛，开口说道：“小丽啊，马上就要到年底了，我和天博打算出去旅游。为了奖励你，我打算也带你一起去。”

田丽顿了一下，不知道胡佳又在打什么算盘，没有出声。

“不过呢，虽然是作为年终的奖励，我多少也要收取一些钱。不过你放心，旅行的食宿费用你拿三百就行了，我会从你这个月的工资里扣。”胡佳补充道。

田丽一猜胡佳的心里就没憋着好事，不过三百就三百吧，能出去玩玩也不算贵了。

田丽放下手里的活儿，转过身说：“行，谢谢你们。”

明明是不花钱的旅行，现在却让田丽掏钱，还要感谢胡佳的好意，谁叫她只是一个小保姆呢，没有任何反抗的余地。

天涯大学的校园被皑皑白雪包裹着，窗子上还残留着昨夜下雪的痕迹。李莉昨天晚上收到了一封邮件，是来自旅行社的邀请函，让她免费参加艾里克湖的一周行。

作为一名大学生，李莉没有足够的钱出去旅行。这次免费的旅行把她所有的兴致都吊了起来。早晨太阳刚升起，她就忙收拾着行囊，想第一时间赶到旅行社。

对于艾里克湖的风景，李莉有着特殊的情结，她喜欢那种被冰雪包围的世界，那是充满了神秘的地方。对于爱好悬疑小说的她来说，艾里克湖可以让她像置身于绫辻行人的小说《雾越邸杀人事件》里一样，有着别样的感触。

李莉的心早就飞到艾里克湖去了，完全没有心思收拾自己的行囊，她把一堆乱七八糟的东西一起塞进了包里……

自从王杰的妻子过世之后，他的家就发生了天翻地覆的变化。两个女儿的性格突然转变，让他有些无法适从。而眼看年关将至，他手里没有多余的钱给两个孩子买新衣服，正好借着这次艾里克湖的旅游，带两个孩子出去见见世面。

吃过晚饭，王杰坐在沙发上征求两个女儿的意见："雅婷、雅丽，你们想去旅游吗？"

大女儿雅婷一直抱着妈妈给她买的洋娃娃，没有说话，呆呆地看着电视节目。小女儿雅丽微微点点头，也没有说话。

看到两个曾经活泼可爱的女儿变得沉默寡言，王杰的心里不是滋味儿。他没再多问，决定带两个女儿去艾里克湖，当作新年礼物。

王杰替两个孩子收拾好行李。只是他的心情依然有些沉重，不知道这次旅行会不会顺利。

（4）

第二天一早，天涯市被白雪覆盖着。一群人背着行囊，准时出现在游图旅行社门口。

导游琴琴把游客安排好，上了一辆大巴车，开车的司机正在囫囵地吞着他的早餐。

琴琴站在他身边招呼游客的时候，他不断地瞟着琴琴的胸部。

琴琴刚把最后一名乘客安排好，一回头就看到了司机秦寒的目光。她狠狠地瞪了他一眼，吼道："好好吃你的饭，开你的车，别忘了你是个犯过错的人！"

秦寒被琴琴的话噎到了，敲着胸口撇着嘴。不过，琴琴说得没错，如果不是前两天他把大巴车给剐了几道痕迹，红色的油漆染到了上面，他也不会被安排这么个苦差事。

琴琴用优美的声音对大家说："大家好，我是本次旅行的导游琴琴。接下来，我们将有一次十分奇妙的行程，希望大家能够服从安排。”

在琴琴说话的时候，秦寒也站了起来。他的目光始终在两个人身上游移，一个是坐在第三排的沈晓云，一个是后座一排的李莉。这个老男人，还是改不了他好色的本性。

沈晓云感受到了秦寒的目光，忙侧过头靠在车窗上，半眯着眼睛打算睡觉。坐在她后面的李莉也有些尴尬，和沈晓云做出了一样的举动。林宇坐在沈晓云身边，心事重重，完全没注意到秦寒的异样。

正要坐在第一排的王雅丽指着沈晓云，对王杰说：“爸爸，那个姐姐真漂亮！”

王杰不好意思地拉回雅丽的手，让她和雅婷一起坐好，然后对沈晓云抱歉地笑了笑。

和他们坐在同一排的胡佳鄙夷地看了看雅丽，但也不禁回头看了一眼沈晓云，又看了看自己臃肿的身材，恰逢目光落在何天博偷瞄沈晓云的眼睛上。她狠狠地瞪了何天博一眼，不动声色地挽着何天博的胳膊宣示主权。

而田丽和蔡天坐在他们身后，谁都没有去看他们。

秦寒看到所有人都坐稳了，回到驾驶位上打火挂挡，踩一脚油门，大巴车飞奔在了天涯市的大道上。

蔡天昨晚花了几个小时看完了阿加莎的《无人生还》，他的写作计划又发生了变化。对于一个悬疑作家来说，写出好的作品才是最兴奋的。此时的他有些困意，半睡半醒地靠在椅背上。

车上安静了下来，大家都各自忙着自己的事情。

林宇觉得无聊，和坐在前面的蔡天聊天儿：“蔡天，你的新书写好了吗？”

“龟速进行中。不过，我相信这本书会是我有史以来写得最好的一本，超越《回旋城》和《迷幻阵》。”蔡天信心十足，“希望这次旅程也能给我注入一些新的想法！”

蔡天的话引起了李莉的注意，她对这个悬疑作家非常感兴趣，但激动的神情很快被隐藏起来，她可不想被别人当成花痴。

“哈哈，你每次都对我这么说！”林宇笑道，“不过，我倒是希望你能红，说不定我也可以沾沾光呢！”

林宇当然不能明白一个作者的心理，更不会懂得写作的心情。写一本书就像孕妇怀胎十月，对待自己的书像对待亲生孩子一样，没写过的人又怎么能懂呢？

蔡天没有理睬林宇的话，昏沉沉地睡了过去。车里又恢复了安静，没有人说话，只剩下细微的鼾声。

隆冬，天气不作美，明明是一场心情愉悦的旅程，却被窗外的雪打乱了心情。秦寒咒骂着，雨雪天气最让司机头疼，路滑不说，视线也不好，很容易出现事故。他只能小心翼翼地往前开，偶尔开一下雨刷器把玻璃上的雪刮走。

雪越下越大，完全没有停下来的意思。秦寒紧皱眉头，不敢有一丝松懈。他并不在乎车上这些人的死活，却格外珍惜自己的生命。很快，大巴车驶入三岔路口。秦寒艰难地辨认着路标，唯恐看错了路。经过一番审视后，他把车开到了最左侧的路上。

一刹那，天空阴沉了下来，就像天黑了一样。

压抑的气氛让林宇有些不适，他本能地睁开眼睛，发现车子已经驶进了他不认识的地方。他站起身来，摇摇晃晃地走到司机旁边，礼貌地问道："大哥，咱们还要开多久啊？"

秦寒回头看了他一眼，冷冷地回道："快了。"

大巴车开进高速路口的隧道，眼前彻底黑了下来。

林宇摸黑回到座位上，只能安静等待。

大巴车开出隧道后，阴郁的光照射进来。林宇看到光，心情依然没有好转。作为一名侦探，他下意识地提高警惕，或许这就是人的第六感。

突然一个急刹车，把车上所有昏睡的人都晃醒了，林宇险些摔到过道上。

"啊——"沈晓云轻呼了一声，林宇一把拉住了她的手给她安全感。从惊慌中醒过来的沈晓云马上挣脱了林宇的手，再次靠在车窗上。

秦寒总算松了一口气，把车停了下来，靠在椅子上喊道："到了。"

当所有人看到窗外的大雪时，全都惊呆了。胡佳推着何天博，不高兴地数落着："真是倒霉！出来旅游也会下大雪，你带风雪帽了吗？"

“带了，带了！”何天博一副不耐烦的样子，从包里掏出两顶帽子，一顶塞给胡佳，一顶自己戴上。

“旅客们，拿好你们的行李，我们在这里和司机大哥告别！”导游琴琴站起身来，拿好了领队小旗，“下面，我们要到火车站去坐火车，准备前往克拉玛依。”

沈晓云是第一个按捺不住性子走下车的，林宇随后跟了下来，后面的旅客也陆陆续续下了车。秦寒瞄了一眼后视镜，确认车上没人了，才掉头往回开。

寒雪无情地打在身上，沈晓云面带不悦地在前面走。林宇小跑着跟在她身后，他把事先准备好的风衣披到沈晓云身上。琴琴看到他们俩急匆匆地往前走，忙整理好队形追了上去。

前往克拉玛依的火车进站后，琴琴带领着队伍找到座位。所有人又开始沉默不语了，他们只听着周围人乱哄哄地说话，每个人都各怀心事地看着窗外。

林宇看着车窗外的风景，想到他和沈晓云曲折的爱情，一回头，他发现沈晓云也在欣赏同样的风景。

景色是同一个，只是，每个人看待景色的角度却不同。

此时的沈晓云心里又想着什么呢？

(5)

经过两天一夜的火车，他们终于抵达了克拉玛依的火车站。

琴琴把所有人带出火车站后，整理好队形，对大家说道：“现在，我们要做最后一项努力，赶大巴车去我们的目的地艾里克湖。”

“啊？还要坐车啊？”胡佳完全被这趟旅程折磨疯了，“如果知道这么远，我就不来了！”说着，她还瞪了何天博一眼，明显是发火的前兆。

何天博怕老婆在这里发火，忙一把揽住了她的水桶腰，哄着：“别生气了嘛，你看我们马上就要到了，再忍忍！”

其他人也多少有些抱怨，却都没有胡佳这样无理取闹，只有她吵嚷着要回去。

“回去你还要坐那么久的车，不如和我们一起玩嘛，艾里克湖的风景真的很美呢！何况，你自己回去的话，车票我们是不报销的哟！”琴琴一句话把胡佳堵得说不出话来。

胡佳可是最在意钱的，让她自己掏腰包，完全不可能，她只能耐着性子和大家一同上路。

长途汽车客运站离火车站不远，琴琴带领着大家穿过地下通道，来到客运站。

众人在等车的时候，总会有本地人投来异样的目光，把他们这些穿戴“正常”的人当作“异类”来看待。如果不是琴琴动作利落，说不定这几个男人会跟本地人发生肢体冲突。

琴琴把大家引到一辆小巴车旁，让他们排队上车。

蔡天看到小巴车的颜色，不禁皱了一下眉头。

普通的小巴车都是白色或者是银白色的，而这辆车竟然是黑色！在蔡天的印象里，只有在电影里的小巴车才会是黑色，因为那代表了通往地狱的灵车！

蔡天打了一个哆嗦，起了一身的鸡皮疙瘩。最终拗不过琴琴的催促，走上小巴车。

上车后，大家在经历了奔波后又开始昏昏欲睡。不知道过了多久，小巴车停了下来。

琴琴站在车上，对大家说道：“游客们，我们的目的地已经到啦！现在请大家依次下车，踏上我们为期一周的艾里克湖之旅。”说完，她率先背上双肩包走下车去。

凛冽的寒风吹过，吹乱了琴琴的长发，她下意识地理了理头发。这是她第一次带团，就遇到了如此严峻的天气，她有些措手不及。

冒着风雪，琴琴从背包里拿出地图，在地图上已经标注了这次旅行的路线，她带领着大家往目的地走去。

一路上，林宇四处张望，总觉得这个地方看上去十分奇怪。

路旁的标示都很特别，上面写着奇异的字母，没人能看懂其中的含义。

走了十几分钟，雪越下越大。幸好大家早有准备，纷纷从背包里拿出保暖用品，把自己包裹得严严实实的。胡佳不断地抱怨着大雪，这让臃肿的她举步维艰，每走一步脚下都在打滑。其他几个人心中也有不悦，却没有她表现得这么明显。

没多久，他们的眼前出现了一个木吊桥，木吊桥被狂风吹得左右晃荡。顺着木吊桥底部看下去，下面是一条结了冰的小溪。若不小心掉下去，这高度足以让人骨折。

胡佳看到这摇摇晃晃的吊桥，抱怨道：“走了这么久，都没个歇脚的地方，还有，这个吊桥是什么鬼？能走人吗？”几句话道出了大伙儿的心声，每个人都在为这次的旅行担忧。

木吊桥被狂风吹得左右摆动，两边的黑色绳索看起来就像快要断掉一样。为了能够早点儿到达目的地，琴琴率先走过了木吊桥。她在吊桥另一边喊道：“大家都迅速一些，不然天黑之前我们就要在这冰天雪地里过夜了！”

蔡天明白琴琴说的严重性，便对王杰说道：“我们快走吧，不然天真的黑了！”

王杰点了点头，牵着一个女儿的手缓缓走上了木吊桥，而蔡天拉着另外一个女孩儿的手也走上了吊桥。李莉见蔡天没有犹豫，也跟着走了上去，一起去了吊桥对面。

胡佳看到他们都过去了，催促着何天博：“你快点儿，别磨磨蹭蹭耽误时间了！”说罢，她拉着何天博小心翼翼地走上了吊桥。由于胡佳的体重，吊桥晃悠得更加厉害了。

在他们都过去之后，田丽知道不会有任何人帮助她，只能自己咬紧嘴唇走上吊桥。早知道有这种恶劣的天气，她就不会跟着出来了。

最后只剩下了沈晓云和林宇两个人。

林宇看了一眼沈晓云的神情。他知道沈晓云恐高，最害怕这种环境。他想都没有想，抱起她，大步流星地走过木吊桥，完全不把左右摇荡的吊桥放在眼里，连两旁的绳索都没有拉一下！

沈晓云的心里有着一种莫名的感觉腾升，却并没有表露在脸上，只是默默地看着林宇不说话。

队伍重新整齐后，琴琴带领大家继续往前走。

没走几步，从他们的身后就传来震耳欲聋的声音。琴琴一回头，惊恐地喊道：“不好，雪崩了！”

众人的视线一下子转移到了山脉顶部，山脉顶部的雪如洪流一般涌了下来，银白色的雪球越滚越大，由小变大。大伙儿都被这突如其来的危险吓坏了。琴琴率先反应过来，指着一个方向大喊道：“都别愣着，快逃啊！”

林宇二话不说，拉起沈晓云就往前面跑，其他成员紧随其后。

直到所有人精疲力竭，脚步才慢了下来，而这时天也黑了。

琴琴停下脚步，她发现她迷路了。

不过，琴琴并没有惊慌，她定睛看了一眼前面，指着那个在白雾中升腾起的房子喊道：“大家看，前面是不是有个房子？”

众人顺着她所指的方向看过去，只见一根类似避雷针的东西直插云霄。

众人看到了希望，因为这显然是一栋建筑物！

“无论好坏，我们今晚就在这里歇脚吧！”琴琴提议道。

大家当然也不想露宿在荒郊野外，便随着琴琴的脚步走了上去。

一栋巨大的欧式风格的别墅耸立在众人面前，它的构建方法非常独特，整体看上去是倾斜着的。别墅的前面闪着白色的银光，没错，那是结冰的湖面。整栋别墅仿佛是漂浮在湖上一般，看上去亦幻亦真。

挡在大伙儿面前的是几棵粗壮的大树，树枝伸展出凌乱的触手，在黑夜里看起来就像一只张牙舞爪的怪物，不停地疯狂乱舞。

雪越下越大，寒风无情地抽打着所有的人脸庞，令人感觉就像被打了一记响亮的耳光。房子漆黑一片，里面没有任何灯光，也不知道里面有没有人。一行人绕过大树，沿着青石板小路，缓慢地向别墅移动过去。

“啊——”沈晓云突然发出一声惊叫。

她瞪大了眼睛，指着树林中影影绰绰的光，全身发抖，说不出话来。

林宇顺着她所指的方向望去，看到了一团青色的火焰在不远处随风摇曳。

“谁？”林宇朝远处大声呵斥，“别装神弄鬼的，快出来！”

何天博夫妇听到林宇的喊声后，也顺着望了过去，只见一团青色的火焰正一点点靠近他们，越来越近。所有人都屏住呼吸，连大气都不敢喘一下。

“不会是那什么火吧？”胡佳道出心中的疑问，“鬼”字怎么都不敢脱口而出，就怕在这种地方遇到不测。

蔡天皱了皱眉，自言自语道：“这不是鬼火！”

天空依旧下着鹅毛大雪。每个人的神经都莫名紧绷，等待着那个未知的青色火焰靠近……

(6)

伴着飘落的雪花，一张诡异的脸若隐若现，青色的火焰越来越近，蔡天嗅到了煤油的味道。

蔡天已经猜到了，对面的青色火焰是一个人。

“是游客吧？”一个苍老的声音从远处飘然而至。她的语调缓慢，难怪行动也会如此迟缓。

众人听到这声音，悬在嗓子眼儿的心才放了下来。

刚刚害怕得要命的沈晓云也挣脱了林宇的手，重新归到平静。

“好久没有看到这么多人啦！”老人缓慢地移动到大家面前。她举起煤油灯照亮了众人，也让他们看清楚，这是一个佝偻着腰的年迈老太太。

林宇听她的话十分奇怪，这里怎么说都是旅游区，怎么可能很久没有看到这么多人呢？他不解地问：“老人家，就算艾里克湖还在开发中，也不至于很久没看到人了吧？”

“嘿嘿……”老婆婆指了指不远处，神秘地笑着说，“年轻人，这里不是艾里克湖！看样子，你们迷路了吧？”

“是啊，雪崩让我们偏离了原来的路线，所以……”琴琴走上来和老婆婆交涉，“现在天也晚了，不知道老婆婆能不能收留我们一晚啊？”

“好……”老婆婆晃晃悠悠地走在前面，嘴里嘟囔着，“看在你们陪我老婆子说话的份儿上，收留你们一晚！”

琴琴让其他人跟在后面，向别墅走去。

一行人穿过狭长曲折的石板路来到别墅前，在别墅的正前方立着一块铁牌子，铁牌子上面赫然地写着四个大字“× 人别墅”。不过，第一个字被红色的油漆画上了“×”，看不清楚是什么字。

老婆婆带头走上了别墅前的阶梯。林宇望了一眼那块铁牌子，空泛起一身鸡皮疙瘩。随后，他跟在何天博夫妇后面，一同上了阶梯，走进别墅。

老婆婆放下煤油灯，按下左手边的开关，耀眼的光亮瞬间占据了整个空间。

客厅正中间摆放着白色餐桌，餐桌旁还有许多高背椅子，在餐桌旁的墙上挂着《最后的晚餐》的油画。餐桌斜对面放着一个巨大的鱼缸，鱼缸里有许多鱼，咕噜噜地冒着泡泡。

鱼缸对面挂着大挂钟，在鱼缸和挂钟中间放着米白色沙发。沙发正对面是一条通道，不难看出两旁都是客房。

而转角楼梯在餐桌的最左边。

开灯后，王雅丽就注意到鱼缸里的鱼。她兴奋地拉着姐姐的手，跑到鱼缸前高兴地喊道："好多鱼啊！"王雅婷也是第一次见到这么多漂亮的鱼，十分兴奋。

"姐姐，你数白色的。"王雅丽笑着对雅婷说道。

王雅婷点点头，眼睛一直盯着那些鱼，嘴角忍不住上翘着，很开心。

看到两个孩子那么高兴的样子，大家把刚才所有的疲惫和不满都抛在脑后了。老婆婆让大家都坐下来，自我介绍道："我姓黄，你们可以叫我黄婆婆。你们有什么要求可以和我说，我尽量满足大家！"

沈晓云拉开衣服的拉链，扯了扯紧贴在身上的衣服，紧皱眉头，问道："黄婆婆，这里能洗澡吗？我们都走了很久的路，身上都湿了，换件衣服能舒服一些。"

“这个没问题！一楼有一间公共浴室，里面有热水。二楼的客房里也有浴室，不过由于管线原因，可能热水不足。”黄婆婆说着，查了一下人数，“看你们这么多人，一人一间不可能了。夫妻或者男女朋友的，就去二楼吧。”

“好，谢谢黄婆婆！”琴琴笑着对婆婆说道，“我们会自己安排的，您去休息好了。”

“对了！二楼最后那间不能住，千万不要进去啊！”黄婆婆再三叮嘱，“前两天下大雪，有几个客房被雪压坏了，我一个老婆子修不了，所以你们凑合凑合吧！”

大家疲惫的脸上都露出满意的笑容，免费旅行走错路也可以当成人生中的一种经历了，现在能有住的地方就已经很不错了，哪还顾得上挑三拣四呢？

黄婆婆让夫妻住一间，另外一对没有什么反应，沈晓云却有些反感。

不过，大家都没有注意到沈晓云的异样，只有林宇懂。

黄婆婆安排好大家之后，转身去厨房。她叮嘱大家快去收拾一下，半小时后可以吃饭。她已经很久没给这么多人做饭了，心情十分激动。

何天博夫妇和林宇夫妇上了二楼，余下的人都在一楼的客厅。

琴琴见两个孩子在数鱼，走过去摸着她俩的头问：“告诉姐姐，一共有多少条鱼啊？”

王雅婷和王雅丽异口同声地回答："24 条。"

"真聪明，姐姐回头给你们发奖。"琴琴也数了一下，的确没错。

王雅丽一听到有奖励，马上摇着琴琴的手喊道："姐姐我要奖励，快给我奖励！"她脸上洋溢的笑容是发自内心的快乐，完全没有任何掩饰。

王杰看着两个女儿开心的样子，对琴琴投去感激的目光。琴琴微微一笑，拍着她俩的肩膀说："现在还不行，你们先去洗个澡，洗干净了再来找我！"

两个孩子低头看着爸爸刚给买的红色小皮靴，已经沾染上了泥土，完全没有了原本的颜色。她们的脸上手上也都脏兮兮的。王杰站起身来，拉着两个女儿的手，温柔地说："走吧，我们去洗漱，一会儿再来找姐姐玩。"说着，他们向一楼的卧室走去。

客厅里的人越来越少了。蔡天四下踱着步子，仔细观赏着四周的环境。他万万没想到，在这种荒郊野岭的地方，竟然还能有如此绝美的哥特式风格的别墅，真是棒极了！

王杰领着两个女孩儿回卧室的时候，蔡天去看放在角落里的鱼缸。他踱步过去，身后响起了一个女子的声音："蔡天，你写的小说还不够精彩啊！"

蔡天站定在鱼缸前，猛然回头看了过去，原来是坐在大巴车最后的女生。

“你看过我的书？”蔡天咧开嘴笑了。这是他第一次和读者近距离接触，也是第一次听到如此犀利的评价。

“我看过你的《迷幻阵》，故事一般般，有阿加莎的影子哟！”李莉说道。

“《迷幻阵》是我早期的作品，那时候我刚出道，的确有模仿的影子在里面。不过，你等我下一部书吧，肯定会让你大吃一惊！”蔡天对自己的这本书很有信心，脸上也洋溢着笑容。

“好啊，我很期待！”她伸出手，示意和蔡天交个朋友，“我叫李莉，是个悬疑爱好者。”

蔡天握住李莉的手，微微一笑。

琴琴在蔡天的身后喊道：“大家都去找房间吧，一会儿到餐厅吃饭。”

说完，原本在客厅里剩余的这四个人纷纷散去，找自己的卧室了。

琴琴选择了一楼最里面的客房，田丽跟随她身后，选择了倒数第二间。

蔡天没注意自己进的是哪间，李莉为了和他近一些，选了他旁边的那间。

（7）

二楼，左手边的第一间客房。

林宇躺在床上，双眼无神地看着天花板，他的脑海中浮现的全都是沈晓云洗澡的样子，也不知道那个娇小姐能不能适应这里恶劣的环境。浴室里传来淅淅沥沥的水声，他的脑子里浮现出沈晓云姣好的酮体。

没过一会儿，沈晓云裹着纯黑色的浴袍出来，湿漉漉的头发上还附着小水珠，眉宇间充满妩媚之情。沈晓云做梦都想当女主角，所以她一直在练瑜伽，体形保持得非常好。

林宇脱下自己的黑色保暖衣和棉绒长裤，只穿着一条裤衩站在沈晓云面前。

沈晓云没有看林宇，而是绕过他，走到床边坐下。

林宇瞟见她脖颈处有淡淡的瘀痕，他很清楚那是怎么造成的。林宇愤怒地冲上去，一把将她推倒。他的双手开始在沈晓云的身上游走，用力地撕开了她身上的黑色浴袍。

林宇疯狂地吻着沈晓云的酮体，由下及上。也许沈晓云第一次觉得林宇有了血性，她有点儿享受现在的感觉，呼吸也变得急促起来。

林宇咬着她的耳垂，在她耳边呢喃：“晓云，别离开我，我们重新开始，好吗？”

这话一出，把沈晓云的欲望给彻彻底底地浇熄了。她一把推开压在身上的林宇，冷冷地说：“不！我们之间已经不可能了！”

从毕业后，沈晓云就在林宇身边。可他只是一个对她关爱有加的男人，根本不知道她想要什么样的生活！她再也不想回到这个男人的怀抱。

林宇望了一眼沈晓云，指着自己的下体，委屈地说：“那我怎么办？”

“自己解决！”沈晓云裹着方才被撕掉的浴袍，别过脸，躺在床上说道。

林宇长叹一声，带上换洗的衣服，往浴室里走去。

放好热水后，林宇整个人躺到浴缸里。他在心里暗想，一定不能放过那个可恶的男人！

他可以忍受自己的女人不爱自己，可一想到妻子的背叛，和另外一个男人厮混在一起，他就受不了！

林宇在脑海中幻想着，无数种谋杀那个男人的画面在脑海里迸发。这都是受到蔡天的影响，看多了悬疑小说，想法也变得怪诞起来。他突然想到，其实这次旅行就是最好的时机。他们现在所处的环境，恰逢符合“暴风雪模式谋杀”的设定。

黄婆婆一个人在厨房里忙碌，她手脚十分利索，不一会儿就做了一桌子菜。

黄婆婆正打算去叫人，住在楼下的客人就都走了出来，唯独李莉和琴琴拒绝了黄婆婆的邀请。黄婆婆看了看王杰那两个可爱的女儿，露出了别样的笑容。

黄婆婆请蔡天负责通知住在二楼的人。

黄婆婆拉过王杰的两个女儿，操着干瘪的声音问道："来，黄婆婆问你们一个问题，你们猜猜鱼缸里有几条鱼？"

"24 条。"两个孩子的声音几乎同时响起。

"你们都答错了。"黄婆婆乐呵呵地笑了。

王杰看了一眼放在桌子上的红烧鱼，笑了。他宠爱地刮了刮小女儿的鼻子，说："小笨蛋，不信就去数一数！"

王雅丽不服气，拉起姐姐的手跳下椅子，两个人又跑到鱼缸面前数鱼。

楼梯的转角处，蔡天一行人正慢慢走下来。

胡佳一下楼就闻到了红烧肉的味儿，便以迅雷不及掩耳之势，拉出一张靠背椅坐在红烧肉的面前。

何天博则是尴尬地笑了笑，来掩饰胡佳的失礼。林宇坐在沈晓云旁边，蔡天在他的对面。蔡天旁边是何天博，何天博旁边是田丽，而胡佳在黄婆婆旁边。王杰为女儿留了两个位置，他坐在了中间。

两个小女孩儿数完了鱼，一脸愁容地各自坐到爸爸的身旁。

王杰看着两个女儿："怎么样？是不是只剩下 23 条鱼了？"

王杰在说话间，夹了一块肉往自己嘴里送。

“爸爸，你猜错了，只有22条鱼哦！”小女儿听到爸爸答错了，忙更正道。

王杰刚要说女儿数错了，大女儿忙说道：“爸爸，妹妹没有乱说，确实只剩下22条鱼。”

王杰眉头紧颦，问黄婆婆：“黄婆婆，现在你这鱼缸里一共有多少条鱼？”

黄婆婆刚拿起筷子夹了一块肉送到嘴里，咀嚼的同时又操着干瘪的声音答道：“22条啊！有一条快死了，我就扔到垃圾桶里了。”

“我还以为这个别墅里真有僵尸、厉鬼之类的东西，居然还能吃鱼！”王杰的小女儿话音未落，黄婆婆刚拿起的筷子“啪嗒”一声落到桌子上，她的嘴巴大大地张开，露出满口黄牙。

蔡天见黄婆婆惊异的表情，开口问道：“婆婆，怎么了？”

黄婆婆回过神儿来，拿起筷子，喃喃细语：“小孩子别乱说话，我小时候听老人说过，这个不能说，说了会发生很恐怖的事！”

蔡天冷冷一笑：“这世界上哪里会有这种事！”

黄婆婆立马喝住蔡天，低头用阴冷的声音说道：“小伙子，你知道这里是什么地方吗？”

蔡天一副饶有趣味的样子看着她，笑嘻嘻地说：“婆婆请讲，我洗耳恭听。”

黄婆婆顿了顿，跑到窗前，拉起红色的窗帘，好像担心秘密外泄似的。屋里的气氛顿时变得紧张起来。

(8)

黄婆婆的话匣子打开了，提到了一个地名——噬人村。

“十几年前，噬人村是一片乱葬岗。由于坟墓和尸体太多，爆发了一次大规模的瘟疫，染了瘟疫的人都会在一夜内暴毙。这让村里的人们都感到惶恐。很多年轻人因此离开了村子。村里的人越来越少，剩下的都是老弱病残之人。而现在整个村子只有我自己了……”黄婆婆低着头，语调阴沉，和刚才那个与孩子聊天儿的老人完全不同了，她停顿了一下继续说道，“你们晚上都别出来，这里经常会有鬼魂出现。如果发生什么意外的话，我可不负责！”

听了黄婆婆的话，大家都互相对视了一眼。两个孩子瑟缩在王杰的臂膀下，露出小脑袋，惊讶地盯着黄婆婆看。

就在所有人都被黄婆婆蛊惑了的时候，蔡天站起来摇了摇头。作为一名悬疑小说作家，他有着比常人更加坚定的信念，相信这个世界是唯物的，不相信任何鬼神之说。

“别吓人了，都是成年人，干嘛玩这种心理战！”蔡天冷冷地哼了一声，“你就是不想让我们晚上出来乱走嘛，直说就行了！”

“你！你这个人！”黄婆婆一拍桌子，站起来，“好心劝告，你不听就算了，真的出了问题别来找我！”说罢，她被蔡天气得饭都不想吃了，扔下手中的筷子转身离开客厅。

对于黄婆婆的反常，大家并没有放在心上，反而觉得蔡天说得没错，她就是在故弄玄虚罢了。

为了消除尴尬的气氛，林宇站起来拉了一把蔡天，说道：“蔡天是个悬疑作者，他多疑惯了，大家都别把他的话放在心上，该吃吃！”

“哼，你就好啦？你不也是个多疑的人嘛。哪个侦探不多疑？”蔡天也开始拆林宇的台，“这小子林宇，在天涯市最大的侦探所做侦探。说起疑心，谁都没有他多！”

林宇尴尬地笑了笑，目光定格在沈晓云的身上。何天博看到了他目光的落脚点，打趣地说道：“哎哟，你看看这个大美女绝对是明星的范儿啊！要不然，我们合张影吧……”

他的话音刚落，胡佳狠狠地瞪了他一眼，说：“你可别瞎胡闹，没看人家身边有个护花使者吗？”

林宇冲着何天博尴尬地笑了一下，他对这个男人一点儿好感都没有，还有他的妻子胡佳，更是一个惹人厌的家伙。

胡佳说完，客厅里的气氛变得尴尬起来。所有人的目光都集中在了沈晓云的身上，她只能顺着话接着说：“没错，林宇现在还是我的合法丈夫，不过很快就不是啦，很快……”

林宇的脸色一会儿青一会儿白，恨不得找个地缝钻进去。

沈晓云擦了擦嘴，被客厅里的气氛弄得完全没有心情吃饭。

在座的人，除了两个孩子，其他人都十分尴尬，互相对视着不知道接下来该怎么收场。

就在这时，楼梯处传来黄婆婆的声音，她冷冷地冒出一句："今晚的饭，你们吃得合口吗？"

大家看着桌子上没动几口的菜，心里都不是滋味，好好的一顿饭就这么被搅黄了。

黄婆婆又强调了一遍："晚上都不要出门，记住了！丢了小命，可没人负责！"

黄婆婆干瘪的脸，配上她那特有的音色、阴森森的目光，这所有的一切都让人不寒而栗。

胡佳回头看了一眼黄婆婆，被她的样子吓得起了一身鸡皮疙瘩。她忙扭过头来，小声对大家说道："她是不是脑子有病啊，为什么总说这么吓人的话呢？"

大家都被黄婆婆吓到了，全都不说话了，客厅里一下子变得安静了下来。

沈晓云为了缓解尴尬的气氛，主动说："蔡天，你不总说自己厉害嘛。要不然，你给我们讲个故事吧！"

沈晓云的一句话马上转变了所有人的视线，把蔡天推到了风口浪尖上，成了大家注意的焦点。蔡天也愿意和大家分享自己的好故事，于是坐在沙发上打开了话匣子。

蔡天饶有兴趣地给大家讲了一个他写过的故事——《猫眼》。

可这种恐怖的短篇小说，一下子就把王杰的两个女儿给吓哭了。

两个孩子缩在王杰的怀中，一个劲儿地掉眼泪。这也难怪，两个只有十几岁的孩子怎么能受得了他那阴森的语气和恐怖的故事呢？

王杰并没有责怪蔡天的意思，拍了拍两个孩子的后背安慰着。孩子停止哭泣后，王杰拉着她俩往卧室的方向走去。

而其他人，对于蔡天的这个故事，一点儿感觉都没有，就像听笑话一样，全然没有害怕的样子。蔡天有些失落，叹了一口气，原来自己的故事只能吓唬吓唬小孩子罢了！如此说来，他真的要写一本极有创意的作品，才能让大家刮目相看。

大家对蔡天的故事也失去了兴致，纷纷离开客厅，向卧室走去。

蔡天也走了，最终客厅里只剩下了林宇一个人。

林宇躺在沙发上，傻傻地望着天花板，他不知道自己应当如何是好。沈晓云决绝的态度，让他心寒。他瞪着天花板上的螺纹，一圈一圈地数着，困意袭上来，渐渐地闭上了眼睛，陷入了睡梦中。

梦中，沈晓云突然面目狰狞地出现在他面前，她双眼血红地盯着他看，怪叫一声后倒在地上。沈晓云的表情很痛苦，嘴里不断地喊着："救我，林宇！快救我！"

林宇试图往前冲，可怎么也冲不过去，仿佛面前隔着一道既看不见又摸不着的屏障。

沈晓云挣扎片刻又站了起来，睁大双眼，她的脸不知道什么时候变成了琴琴。琴琴的眼眶里溢出鲜红的血液，一直流到嘴巴里。她的嘴微张，洁白的牙齿上一片猩红。她伸出舌头舔了舔嘴角，好像在对林宇说话。

林宇开始在那个空间里四下乱踢，跟个疯子一样。

“砰”的一声之后，林宇从沙发上滚到地上。他长吁一口气，原来只是一场梦，后背已经被冷汗沁透了。

林宇从地上爬起来，恰好对上了蔡天哈哈大笑的脸。林宇冷冷地瞪了他一眼，吼道：“有什么好笑的？”

蔡天的笑意更浓了，完全忍不住地笑出声来。他盯着林宇狼狈不堪的样子，说道：“大侦探，梦做完了？”

林宇能够感受到从蔡天心底里溢出来的坏劲儿，他一扭头上了二楼。

卧室的房门并没有反锁，林宇很轻易地就推开了。沈晓云躺在床上，回过头，看了他一眼，并没有说话，继续拿着手机玩游戏。林宇知道沈晓云对他的态度，便也没有多说话，只是从行李中拿出睡衣，转身进了卫生间洗澡。

不过，人倒霉起来还真是诸事不顺，卫生间的水竟然停了！林宇刚刚的噩梦让他全身都是黏糊糊的，没办法，他只能拿着睡衣走出房间，到一楼公共浴室洗澡。

林宇走到楼梯的位置上，看到蔡天还坐在沙发上，他正捧着一本书认真地看着。

尽管林宇有的时候对这个人充满了好奇，但他并没有打扰蔡天的兴致，悄悄地走下楼。

他路过蔡天身边的时候，看到那本书名为“模仿犯”。

蔡天目送林宇的身影离开自己的视线，嘴角微微上翘，笑了出来，他一下子联想到了林宇夫妻之间现在尴尬的关系。

只是他们在互相窥视的同时，并没有发现，实际上还有一双眼睛在角落里看着他们。

(9)

二楼的另外一个房间里，夫妻俩躺在床上，一个已经开始打鼾，另外一个则盯着她的脸在看，嘴上露出邪魅的笑容。

胡佳从身材到性格都完全没有任何女人的样子，何天博早就对她失去了兴致。他对她的亲热和容忍都是表面上罢了，他现在一心想着的是住在另外一个房间的女人。

看到妻子已经睡熟，何天博小心翼翼地从床上起了身，拿上一件外衣悄悄地走到门口，探头出去看了看，确定没有人在外面，他才从房间里走出来。

何天博踏着一双毛绒拖鞋，快速走下楼。

何天博前脚刚走出门去，胡佳就睁开了眼睛，她早就知道何天博的小心思了，像他这种中年男人，有点儿小钱就不知道日子怎么过才好了。今天，胡佳就要行动，让她的男人知道，得罪自己究竟是什么下场。

何天博走到楼下，轻轻敲响了一间房门。门开了一条缝儿，何天博一下子就被一只手抓住，立刻拽了进去。

“看你猴急的样子，就不怕被你老婆发现啊！”田丽被何天博拥在怀中，娇滴滴地拍打着他的肩头。

“小宝贝，可想死我了，哪还顾得上那个丑八怪！”何天博抱着怀中的小美人，早就把胡佳忘在脑后了。

说着，何天博把田丽推倒在床上，开始褪去田丽的睡衣。就在何天博的衣服脱了一半，露出肥大的肚子的时候，响起了敲门的声音。何天博的兴致顿时削减了一半，敲门声越来越急迫，他只能从田丽的身上爬起来。

何天博衣衫不整地推开门，嘴里吼道：“谁啊，这么不识趣！”

推开门的一刹那，何天博傻眼了：站在面前的竟然是他的老婆——胡佳！

胡佳扬起手，给了何天博一个响亮的耳光，怨恨地说：“哼，我早就怀疑你跟这小狐狸精有一腿，看你们两个在家里眉来眼去。现在被我抓个现形，你还有什么话说？！”

“佳佳，你听我说，是她，是她先勾引我的！”何天博指着田丽解释着。

田丽走到何天博面前，响亮的耳光再次招呼到他的脸上。她身体不住地抖动，指着何天博说：“姓何的，当初不知道是谁花言巧语，说骗到胡佳的财产就和我双宿双飞！你怎么能反口说是我勾引你的呢？你对我说的话，都是骗我的吗？”

田丽指着何天博的鼻子骂着，他既然都不在乎自己的名节，那么就别怪自己无情！

胡佳瞪大了眼睛看着田丽的样子，她完全不像撒谎的样子，这是那个平时什么都不和她计较的保姆吗？原来，他们俩一直在图谋她的财产！不，应当说是她父亲留下来的遗产。

何天博还想和胡佳解释，却发现想说的话连自己都不信，更别指望让胡佳相信了。

“何天博，你居然在图谋我的财产！好，这次旅行结束之后，我们就离婚！”胡佳正式地通知何天博，“不过，我父亲的遗产你一分钱都不会得到！你们俩过苦日子去吧！”

何天博被田丽从房间里赶了出来，胡佳也不让他回到房间睡觉，他只能蜷缩在客厅里的沙发上躺着。这一切都发生得太快了，他还没有来得及反应，就已经被胡佳抓住了。

他躺在沙发上发呆，仰头看向某个地方。突然，他发现窗外有一双眼睛正在窥探他。

何天博又定睛仔细看了一下，刚刚出现在窗口的头竟然变成了一棵大树！难道是因为胡佳的原因，他产生了幻觉？

何天博叹了一口气，不去想刚才的事，昏沉沉地进入梦乡。

一楼的公共浴室被分割成了两个部分，左侧和右侧。左侧的帘子拉着，右侧的敞开，林宇自然而然地选择了右侧的浴池。

林宇躺在浴池里享受着泡澡的快感，脑海中突然蹦出了一篇小说，那是庄秦写过的一个小故事《尸池》。这让他的脑洞大开，又开始狂想起来。

他不断地幻想着在这个房子里会发生的诡异事件，突然一个诡异的想法在脑中横生，他对面的池子里，说不定就有一具尸体在盯着自己看！

林宇洗完澡，穿好衣服从浴池中走出来，一不小心碰到了对面池子的浴帘，一截已经变了颜色的胳膊从浴帘中露出！

他立刻后退两步，险些没跌入刚才泡过的池子里！

林宇不敢多停留一秒钟，拔腿就跑，出了一楼浴室直奔蔡天的房间。他使劲儿地拍打着蔡天的房门，嘴里忍不住喊道："蔡天，蔡天，出事了！"

蔡天打开门，看到林宇惊慌失措的样子，问道："你这是怎么了？大惊小怪的！"

林宇才不管蔡天的讽刺，他钳住蔡天的肩膀，哆嗦地说："一楼的浴池里……有一具……尸体！"

林宇的身体都快瘫软下去，腿已经开始打抖了。

蔡天这才意识到，林宇并不是在开玩笑。他扶住林宇，认真地说："哥们儿，快领我去！"

林宇领着蔡天前往一楼的公共浴室。蔡天推开浴室的木门，他嗅了嗅空气中的味道，除了木头的霉味儿，还闻到了腐烂的味道。他顺着林宇指着的方向看去，刚才的胳膊的确还在那里，简直能把人活活吓晕！

蔡天朝门口吼道："老林，把所有人都给我叫起来！"声音里透着威严，夹杂着一种不容抗拒的力量。

林宇连忙按照蔡天的话去办，先把一楼的人都给叫了起来。走到客厅时，看到何天博躺在沙发上睡觉，把他摇醒后，上二楼叫沈晓云和胡佳。沈晓云看了一眼胡佳，一脸迷茫，跟着林宇下了楼。她俩不明所以地问林宇："出什么事了？"

林宇没说话，沈晓云和胡佳就要直奔浴室。蔡天从里面冲了出来，扶着木门开始狂吐。

沈晓云拍打着蔡天的背部，细声问道："出什么事了？"

胡佳这时大着胆子走了进去，一会儿，里头就传出一声刺耳的尖叫。接着，她直接晕倒在地。

"里面有一具女尸。"蔡天抬起头，对沈晓云说。

沈晓云哆嗦了一下，小脸顿时血色全无。

这时，人都聚齐了，黄婆婆也被吵醒了。除了王杰的两个女儿，其他人都聚集在浴室门口。

黄婆婆一副不耐烦的样子，冲着他们喊道："大晚上的，你们为什么事情吵吵？我老婆子不是说过大半夜不要出来，否则会发生很吓人的事吗？"

林宇也渐渐恢复了常态，他当了五年的侦探，还是头一回见到这么恶心的场景。

“黄婆婆，现在你回答我几个问题，你一定要实话实说！”此时，林宇把黄婆婆视为了头号嫌疑犯。

第二章　公共浴室

（1）

黄婆婆被林宇严厉的态度震慑住了，她慌张地四下看了看其他人，走到林宇跟前反问道：“怎么了？难道我这么大岁数的老婆子，还能把您害了不成？”

林宇看到她目光闪烁的样子，冷言冷语地说道：“怎么了？在你自己的家里发生了什么事，你应当比我们清楚才对啊！”

“说什么呢？我老婆子听不懂！”黄婆婆靠在一旁，奇怪地看着林宇。

“你自己进去看看！”林宇把黄婆婆推到了浴室门口，拉开门把她推了进去。

林宇刚刚看过死者的样子，死者背上的图案让他记忆犹新。

那图案极像一个九星图阵，每一颗星星的颜色和位置都不同，而大小却又完全一致。

在这个死者的身上，怎么会有这种图案呢？这不是太奇怪了吗？

就在林宇思考时，浴室里传来黄婆婆的哭声。

林宇在门口大声问道："怎么样，你应该认识死者吧？"

黄婆婆直接跪在了地上，号啕大哭着："你这是怎么了呀！怎么了呀？！"

黄婆婆的哭声引起了大家的注意。林宇推开门闯了进去，看到黄婆婆哭得泣不成声。就在大家都在关心黄婆婆时，蔡天也注意到了尸体后背上的那个图案。他对这个图案十分熟悉，却怎么都想不起来在什么地方见过。

林宇扶起黄婆婆，问道："黄婆婆，这个人和你是什么关系？"

刚刚被扶起来的黄婆婆，再次扑在地上号啕大哭着。

林宇蹲下身来，安抚着她的情绪，再次问道："究竟是怎么回事？"

黄婆婆老泪纵横，又一屁股坐到地上，边抹泪边哭。

沈晓云走过来问道："黄婆婆怎么了？"

林宇摇头，一副不知道是什么状况的样子。

蔡天的脑海里再次浮现出尸体背部的那个图案，他肯定见过这个图案，可现在想不起来了。

"天美啊！你死得好惨哪！你要我一个老太婆下半辈子怎么

活啊！”黄婆婆哭喊道。

众人心里也开始猜测，死者和黄婆婆究竟是什么关系。琴琴和沈晓云轮番安抚起黄婆婆来。

林宇犹豫之后，又一次道出心中的疑问：“黄婆婆，她和你到底是什么关系？”

以林宇判断，被害人女性，18～22岁。

“是……是我的女儿天美。”黄婆婆幽幽地吐出这几个字，眼泪更是止不住地往下流。

所有人倒吸一口凉气，替黄婆婆感到悲痛。

林宇轻蔑地一笑，继续审问黄婆婆：“她是你女儿？”

林宇觉得黄婆婆在撒谎，这姑娘多说不过二十出头，而黄婆婆都一把年纪了，怎么能有这么年轻的女儿？

“天美的后左肩有一朵梅花文身，是我替她刺上去的。前几天，她从外地回来看我，说是想我了，可不知怎么她就不见了，却没想到竟然死在了自己家里！”黄婆婆说完，又哭了起来。

林宇为了证实黄婆婆的说辞，再次靠近看了一眼，果然在被害人的肩胛骨上有文身。

蔡天也站在林宇身后，看着尸体背部的奇特图案，绿色的尸斑凝结成了一大片。林宇拿出手机，拍了几张照片。蔡天也拿出手机调好焦距，特意给黄天美背上的奇特图案拍了几张大特写。

林宇对门外的人命令道：“从现在起，任何人不可靠近这里，这具尸体要完整保留。还有，这是第一案发现场，请不要随意闯入！”说完后，他用手机拨报警电话，却发现根本无法拨出。再一看，这地方根本就没有信号！林宇身为一名侦探，深知保护案发现场的重要性。他转头询问蔡天：“老蔡，虽然你是个作家，但你的专业知识也不少，你能推断她死了多久吗？”

“从表面的腐烂程度及尸斑的面积来看，推测有一个星期！”林宇点头表示认同蔡天的说法。这么长的时间，黄婆婆怎么没发现呢？这是一个疑点。

蔡天拍拍林宇的肩膀，也走了出去，就剩林宇一人在这个空旷的浴室里。

林宇出了浴室，来到客厅，发现所有人都在客厅的沙发上坐着，气氛冷清。

胡佳站起来，走到田丽面前，扬起手给了她一耳光。田丽摸着被打的脸，回头瞪着胡佳。

“不要脸的东西！瞪什么瞪！”胡佳出言谩骂田丽。

田丽哭着跑回房间，何天博亦站起来，想尾随其后。

“你敢跟过去，我们就真的离婚！”胡佳的声音在他身后响起，何天博头也不回地往田丽房间里走。

胡佳脸憋得通红，看起来就是一个十足的怨妇。

现在，就连傻子都看得明白，这三个人之间发生了什么。

胡佳愤愤地跑上二楼，把林宇给撞了。

林宇没有发火，只是觉得胡佳可悲，自己的老公也守不住。可他又何尝不是？他一屁股坐到沙发上，向蔡天要了一根烟。

林宇灵光乍现，问道："老蔡，你觉不觉得，黄天美背上的图案有点儿眼熟？"

蔡天也试图回忆，到底在什么地方见过那图案。

没过多久，蔡天和林宇一同说出了答案。

"九星连珠！"几乎是异口同声，他们俩相视一笑。

有时候，默契就是这样，不用过多的言语。

沈晓云夺过林宇手上的烟，吸了一口："你们说什么呢？"

林宇拿出手机，给沈晓云看刚拍的照片。沈晓云一看，烟从手里滑落，掉到了林宇的鞋子上。沈晓云指着手机屏幕，瑟瑟地说："这个……我……我见过。"

林宇和蔡天顿时觉得奇怪，沈晓云又是在何处见到这个图案的呢？

"晓云，你在哪儿见过？"林宇询问道。

林宇总觉得这图案有些问题，毕竟它跟九星连珠有关。

"我……我……背上也有一小块！"沈晓云说出这个惊人的消息。

林宇纳闷儿了，连他都不知道沈晓云身上有这个图案。

这时，他想到了另一个人，那个可恶至极的男人！

蔡天也微微嗅出了火药味儿，他看了看林宇："你还记得去年我陪你去考察的事吗？"

林宇点了点头，没有说话。

蔡天继续娓娓道来。他站起来，面向所有人："这个图案叫九重图阵。据传说，在九星连珠日时，要在九具尸体上分别印上图阵来当作祭品，开启图阵的神秘力量。”

李莉冷笑了一下，走到蔡天面前：“亏你还是个作家，居然还信这些东西！不过，这个图案我也见过！”

众人的脸色又变了，有一种说不出的沉闷，所有人都屏住呼吸，空气霎时被凝结了。

（2）

李莉吞了下口水，说：“我平时也喜欢钻研星座之类的东西，无聊时喜欢去一个叫占星的小网站，和那里的星粉聊天儿，无意中看见过这个图案。”

此话一出，林宇和蔡天都是一副若有所思的样子。

黄婆婆走了进来，把天美的一张照片挂到客厅的挂钟上。她的脸色格外难看，长叹一声道：“唉，看来我们都逃不掉了。”说着，竟然“嘤嘤”地哭起来。

琴琴和沈晓云走过去安抚她，想让这个刚刚失去女儿的妈妈情绪稳定一些。可在林宇心里，对黄婆婆还有许多疑问。

黄婆婆开口对李莉说：“姑娘，能陪我这个老太婆到外面给天美烧点儿纸钱吗？”

李莉望了望窗外的大雪，迟疑了一下。不过，她最终还是答应了黄婆婆的请求。

黄婆婆往自己的房里走，李莉跟在她后面。

黄婆婆推开门的瞬间，一股怪味儿迎面扑来。李莉透过门缝，看清了里面的场景。桌子两旁点满了红色的元宝蜡烛，正中间挂着一张遗照，下方是一块灵位牌，上面写着：爱女天美之灵位。

黄婆婆挎着篮子，里面装了黄色的纸钱。李莉扶着她，一起出了大门。

刚推开门，下了阶梯，风猛烈地吹了起来。黄婆婆蹲下身子，嘴里念念叨叨："天美啊，到底是谁这么狠心，对你下了这样的毒手？我一定要找到凶手，给你报仇啊！我多给你烧点儿纸钱，你一路走好啊！"

黄婆婆点燃纸钱，黄色的火焰把她的脸反射得格外吓人。李莉看了一眼，被吓到说不出话来。她怎么看，都觉得这个老太婆很奇怪。当李莉转身欲走时，黄婆婆紧紧地攥着她的手臂，双眼眯成一条缝儿，用和以前完全不一样的声音说："你也会去陪她的，你们所有人都会去陪她的！"

银白色的雪花照亮了她的脸，她如同一个判官，在宣布末日的审判。

李莉猛然甩开黄婆婆的手，冲上面前的阶梯，发疯似的跑进别墅里。

她的嘴里喊着："快跑，大家快跑，黄婆婆她……她有问题！"

"姑娘，我这个老婆子哪里有问题？"黄婆婆的声音在李莉身后响起。

李莉想要和大家说明一切，说黄婆婆房间里的纸钱，说她在门外说的那些话，还有她诡异的行为。可不知道为什么，看到黄婆婆的脸，她竟然一个字都说不出来！

当众人扭头看向李莉时，她只能低着头，一言不发地向自己的房间走去。回到房间，她蜷缩在床上，用棉被蒙着头。她发誓，明天一早起来就离开这个鬼地方，再也不要参加什么免费旅行团了！

黄婆婆目送着李莉走向房间，然后对大家说："记住老婆子的话，半夜没事别出来。无论听到什么声音，都别出来。否则，丢掉了小命，可别怪我没提醒各位！我女儿的命，或许就是这么没的！"说完，黄婆婆孤单的背影缓缓地向二楼走去，她的身体佝偻着像个小矮人，那么渺小。

沈晓云微微一皱眉，揉了揉双眼："林宇，我困了，想上楼休息。我觉得这里怪怪的，明早我们离开这鬼地方！"

林宇瞧见沈晓云红得跟兔子一样的双目，便跟着她上了二楼。余下的人也各自散去。

不知何时，窗外的大树下多了一个头戴黑色圆雨帽、周身一袭黑衣的家伙，正暗暗地注视着别墅里发生的一切。

蔡天躺在床上。

他忘了对林宇说，他在一本《诸世纪》的书上看到过这个图案。当时，他看完这部鬼话连篇的书后，完全不当回事。可今天联想到九星连珠的传说，他觉得这其中定有什么不可告人的秘密。他想着想着，眼皮越来越重，渐渐地闭上了双眼，昏睡过去……

李莉的脑子里充斥着各种各样的东西，有黄婆婆的话，也有那个图案，黄婆婆的话还在耳旁回响："你也会去陪她的，你们所有人都会去陪她的！"

李莉回想起来，自己曾在一个网站的帖子上看到过关于那个图案的介绍。她还清楚地记得，其中有一句话："收集好九具尸体，分别在背部印上九重图阵，就可以拥有一种逆天改命的神秘力量。"

今晚，李莉注定要失眠。她望着天花板，后悔不该来参与这次免费旅行，还阴差阳错地住进了这个鬼地方。

田丽的房间。

田丽躺在何天博的怀里，小脸潮红，手指在何天博的左胸膛上画着圈圈，一副小鸟依人的模样，令人怜惜。

何天博顺势把田丽搂得更紧了，惹得田丽娇声不断。

"丽丽，你说我当初怎么瞎了眼看上那个女人？"何天博低头，看着怀里的田丽说着。

田丽缓缓地抬起头，微微一笑，挣脱何天博的怀抱，整个人趴在他身上，满眼妩媚道："那是因为你还没有遇见我！"

何天博抚摩着田丽的背脊，不再说话，却满面愁容。他有太多的小辫子在胡佳手里。他利用职位之便干不法勾当，他怕东窗事发。如果被人捅了出去，恐怕他的下半辈子只能在牢房里度过了！

何天博长叹一声，右手抚过田丽的长发，在她耳旁呢喃细语。

临近午夜，胡佳躺在床上，写完了日记放在抽屉里。她辗转反侧，无法入眠。她越想越生气，何天博凭什么这样对待自己？当初若不是靠她，他能有今时今日的地位？

她心里暗骂着何天博，敲门声突然响起。

胡佳冷哼一声，知道是何天博道歉来了，毕竟他有很多小辫子还在自己手里。

见里面没动静，何天博自己开门进来了。“佳佳，对不起，我不该一时鬼迷心窍。”何天博“扑通”一声跪倒在地。

胡佳走过去，给了何天博一耳光，出言讽刺道：“哟，这会儿知道求我了，刚才那气势去哪儿了？你不找那小狐狸精了啊？”

何天博低着头，没过多久抬起头，可怜兮兮地望着胡佳。

“佳佳，原谅我！”说话间，就左一耳光、右一耳光地抽自己的脸。

胡佳拦住何天博，淡淡地说道：“起来吧，下次若再犯，我让你吃不了兜着走！”

何天博站起来，像小鸡啄米一样不住地点头。

胡佳以为是她的强势压制住了何天博内心蠢蠢欲动的欲望，而实际上她根本不知道何天博在想什么。

何天博从地上起来后，扶着胡佳坐在床上，恳求着道：“老婆，以后我再也不会犯错了，求你一定大人不记小人过，让我这个小人从你的手缝里掉下去算了！”

胡佳也懒得和何天博计较，嘴里嘟囔着：“我要是和你计较，早都被你气死了！你那点儿花花肠子，我早就摸透了！”说罢，胡佳拿过枕头扔在地上，不客气地说：“为了惩罚你，今天就在地板上睡吧！”

何天博心想，明明可以在田丽身边当老爷，却偏偏在这里让胡佳给气受。他委屈地躺在了地上，嘴里自言自语道：“你就这么对我吧，你这么对我，我都怕保险柜密码换成别的男人的生日！”

胡佳一听生气了，她从床上一下子坐了起来，指着何天博的鼻子说：“你以为我是你呢！告诉你，咱家保险柜的密码始终都是咱俩的结婚纪念日，那是我这辈子最重要的日子！可没想到，没想到你这个负心汉竟然如此对我！”

何天博从地上爬了起来，手里拿着枕头，一把抡在了胡佳的头上。她顿时就被打趴下了，迷迷糊糊地倒在了床上。何天博面露凶光，整个人坐在了她的身上，把枕头捂在胡佳的头上。

枕头下面发出“呜呜”的声音，不一会儿就没有了……

何天博嘴里不住地谩骂道：“活该！你活该！你如果对我好点儿，就不会有今天的下场！”拿开枕头后，何天博踢了一脚胡佳，嘴里还骂着：“死八婆，踩了我这么久，让你也尝尝被人踩在脚下的感觉！”

他刚刚把胡佳杀死，房门就被叩响了。

何天博知道，一定是田丽。

田丽进门后，看到胡佳躺在床上一动不动，惊恐地问道："她死了？你打算怎么办？"

"那还不好办？！"何天博在动手之前已经想好了，"把她从这儿丢下去，制造出自杀的场景，再写一封遗书，就万无一失了！"

何天博推开窗子，凛冽的寒风直灌进房间，吹得人直打哆嗦。风中夹杂着雪花和冰屑。他们俩忙着搬尸体，根本都没有注意过。

胡佳太胖了，他们俩费了很大劲儿才把尸体从窗口丢出去，随着掉在地上的一声闷响，何天博关上了窗子。

何天博怕田丽被搅进这场纠纷之中，他让田丽先回去，他要伪装一下现场。

田丽出门后，何天博把胡佳的拖鞋放在了窗子的墙下，又模仿胡佳的笔迹写了一封所谓的遗书，然后离开二楼的房间。

何天博蹑手蹑脚地从楼梯上悄声下来，在一楼大厅里喘了一口气，总算是摆脱了刚才的那种紧张感。他坐在沙发上，准备抽根烟再去田丽的房间。

就在这时，从角落里缓缓地走出来一个人。她的手中端着一盏煤油灯，煤油灯昏黄的光照亮了她的脸，阴森恐怖。她干瘪的声音在黑暗中问道："不是说了半夜不让出来吗？你怎么还在外面晃荡？怎么就不能听我老太婆的话？”

何天博刚刚被胡佳的事情弄得心惊胆战，又被这老太太吓了一跳。他忙从沙发上站起来，点头说道：“好好，我这就回去！”说话间，他动身向一楼田丽的房间走去。

黄婆婆摇头，嘴里念叨着：“孽缘啊！孽缘啊！”

黄婆婆举着煤油灯，跟在何天博的身后，走到了一楼的公共浴室。她想再陪女儿最后一程，哪怕她现在已是一具没有生命的尸体……

（3）

黄婆婆推开公共浴室的木门，举灯往里头慢慢走去，青色的火焰左右飘舞。

她走进浴室，想看看自己的女儿。让她吃惊的是，天美的尸体竟然不翼而飞了！

黄婆婆揉了揉眼睛，再次定睛看了看那个地方，尸体确实不见了！

黄婆婆快速跑出公共浴室，大喊着：“林先生，林先生，快出来，出事了！”她跑到二楼林宇的房间门口，用力地敲着房门。

林宇和何天博的状况差不多，他也没有上床睡觉的资格。黄婆婆敲门的时候，他还坐在沙发上玩着手机游戏。听到敲门的声音，他忙开了门，恐怕黄婆婆会吵醒沈晓云。

“婆婆，怎么了？”林宇困意蒙眬地问。

“天美的尸体不见了！”黄婆婆大惊失色地低声喊着，眼泪止不住地从眼眶中奔涌而出。

“不见了？”林宇顿时打起几分精神来，“你快和我说说，到底是怎么回事？”林宇出了卧室，把房门带上。

黄婆婆已经无法表达清楚，她只能拉着林宇到浴室看个明白。

一楼的公共浴室，空荡荡的，别说是尸体，就连尸体存放过的痕迹都没有了！

它怎么可能凭空不见了？

林宇仔细地观察着周围的环境。

在这个完全密闭的空间，除了别墅大门之外，根本就没有别的出口。那么，天美的尸体是自己飞出去的？林宇打量着黄婆婆，总觉得她的行为十分古怪，却又说不出有什么诡异之处。

“你是第一个发现者？”他蹲下身子，仔细观察浴池的周围，同时也盘问着黄婆婆。

“是……”黄婆婆的声音颤抖，扶着门框站在浴室门外。

“大半夜的，你到这儿来干吗？我不是说了，不许任何人靠近吗？”林宇用手指在地上摸了摸，指腹上沾染了一些类似皮屑的东西。他又闻了闻，一股难闻的味道传进鼻腔，这似乎是从尸体身上掉下来的。

“我……我……”黄婆婆一时语塞，哽咽了一阵后说，“我只是想陪她走完最后一程，难道你还怀疑我？我怎么可能害死自己的女儿！”

林宇眯缝着眼睛，黄婆婆越是这样说，他就越有理由怀疑这个老太婆！

他从地上站起来，对黄婆婆说道：“你去召集所有人，现在调查清楚！”

黄婆婆一分钟都不敢耽搁，先把一楼的人都喊醒，然后跑到二楼敲响了胡佳的房门，半天都没有人应，只好先把沈晓云叫了起来。除了胡佳和两个孩子，所有人都在一楼聚集。

这一夜，大家已经被折腾得不成样子，大半夜又把人喊了起来，大家都怨声载道。

最后一个从房间走出来的是蔡天，他问道：“黄婆婆，又发生什么事了？”

黄婆婆没说话。林宇从公共浴室走了出来，表情凝重，看了一圈人之后，问道：“何先生，你的妻子胡女士呢？”

不等何天博回答，田丽的胳膊攀上了他的手臂，暧昧地说道：“他一整晚都在我的房里，怎么会知道那个女人在哪儿！”

这句话包含的意思太多了，大家纷纷挑着眉看向田丽，都说小三脸皮厚，田丽的脸皮更厚，何天博还没有离婚呢，这两个人就已经出双入对了，让人看着扎眼。

林宇瞪了何天博一眼，没想到，看上去老实的他竟然这么大胆子！蔡天有点儿不耐烦了，转过头问林宇：“老林，大半夜把我们喊起来，你就为了找何先生的老婆啊？你丫太闲了吧？”

林宇不敢绕弯子，唯恐把大家都惹恼了，他只能绕过胡佳的事情，直截了当地说：“天美的尸体不见了！”

“什么？”蔡天顿时脸都白了，“怎么会这样？”

“放心，我心里已经有数了！”林宇转过身，对黄婆婆说道，“你现在把胡佳房门的钥匙交出来，我想……”

大家顿时明白了，所有的矛头都指向胡佳。

黄婆婆胆战心惊地打开了房门，一股冷风阴嗖嗖地吹了进来。

窗户敞开着，窗帘在冷风中左右飘摆，窗户下方有一双拖鞋，地板上还有少量水。

床上空无一人，被子整整齐齐的，台灯亮着。

“何先生，你太太呢？”这个问题恐怕还要何天博来回答，林宇问道。

“我怎么知道！”何天博紧紧地把田丽抱在怀中，“我一晚上都和田丽在一起，是胡佳不让我回房睡的！”

林宇同情何天博，又痛恨这种男人。他同情何天博，只是因为现在自己的处境和他一样；痛恨，是因为沈晓云也是被这样的男人勾引，所以才导致她如此决绝！

林宇顶着冷风走进房间，站在窗前向外面看去。

在楼下，白茫茫的雪地上，有一个看不清楚的东西蜷缩在哪儿。从特征上来判断，好似是一个人……林宇刚要开口问，一回头就看到了压在台灯下的那封信。

大家都站在门外，对房间里阴嗖嗖的风产生了恐惧。

林宇抽出了放在台灯下的信，扫了一眼，走出来递给何天博。

何天博伪装成什么都不知道的样子接过了信，看了一阵，一下子瘫坐在了地上，表情呆滞。

林宇更加确定刚刚看到外面地上的“东西”，就是胡佳的尸体！

他站在窗前，仔细观察。窗子是铝合金所制，十分单薄。按照胡佳的身材来说，她一定要踩在窗框上才能跳下去，可为什么这么单薄的铝合金窗框没变形呢？

林宇为了证实自己的想法，他用力地按了按窗框，那微微凸起的窗框很容易就被他按倒了一块。可现在的窗子完好无损，这说明了什么？

而且，窗子下面的一双鞋是什么情况？自杀，难道还要脱鞋？还要把鞋摆放整齐？

在林宇产生怀疑的时候，蔡天也有了同样的推断。他走到林宇身边，拍了拍他的肩膀，两个人互换了眼神。林宇十分郑重地和大家交代：“从现在开始，任何人不允许靠近这个房间。若有人蓄意破坏现场，我便怀疑他就是凶手！”

大家都不敢说话了，全都愣在门外，只有黄婆婆用干瘪的声音，喃喃自语地说：“她一定是看到了那个！一定是！”

大家都没管黄婆婆的奇怪之处，林宇带领着大家来到了客厅。他和蔡天把胡佳的尸体从门外抬了进来。

短短的这段时间内，如此严寒的气温，胡佳已经死了的事实摆在面前，她的尸体已经冻得有些发紫、僵硬……

胡佳的尸体放在大厅里，大家用充满恐惧的目光盯着她看。她的眼睛瞪大，嘴也张开着，好像要说出死者的名字。她目光直勾勾地盯着何天博，逼得何天博躲到了别的地方。

黄婆婆幽怨地看着吊钟，又看了看胡佳的尸体，突然眼泪上涌，一下子哭了出来。所有人的目光从胡佳的身上转移到了黄婆婆的身上。林宇听到黄婆婆嘴里还嘀咕着："她一定看到了，一定看到了……"

林宇上前一把拉住黄婆婆，质问道："你快说，究竟发生了什么？别装神弄鬼！"

对于林宇不礼貌的行为，大家都有些反感。从发现天美的尸体开始，他就有些反常。

但在他们当中，只有林宇是专业的，大家都没有任何话语权。

黄婆婆抹着眼泪，可怜兮兮地说道："我好像忘了钥匙在房间，你能帮我把门打开吗……"

林宇以为是什么事情呢，他迅速走上二楼，只听到"咣当"一声，黄婆婆的门被他一脚踹开了。

林宇看着房间里的一切，顿时愣住了。

门正对着的一面墙上，挂着一张巨大的黑白照片，照片上的天美正咧开嘴笑着。在照片下面，有一张桌子，上面摆放着天美的灵位，桌上还点了蜡烛。摇曳的烛光映照着整间屋子，令人产生十分诡异的想法！

“这是怎么回事？”林宇在二楼大喊，“你们都上来，看看这究竟是怎么回事？”

听了林宇的喊声，大家纷纷向楼上走去。

黄婆婆第一个上了楼，看到房间的一切，她也呆愣地问道：“这是怎么回事？”

“是你！一定是你！”林宇抓住黄婆婆的胳膊，“这些都是你做的！”

黄婆婆一副无辜的样子，摇着头：“不，这不是我做的……我……”

这时，大家把目光投向了黄婆婆的房间。从房间里传出阴冷的风和摇摇晃晃的烛光，令大家心惊胆战。

沈晓云害怕极了，她躲在人群最后面，幽幽地说道：“会不会是脏东西？”

“哼！”蔡天拍了拍沈晓云的肩膀，从人群中走出来，“这世界上根本就没有鬼，是有人在装神弄鬼！”他说完话，瞪了一眼黄婆婆，更加确信这个房子里的人有问题！

听了蔡天的话，大家的心都稳了下来，连写悬疑小说的人都说没有鬼，肯定不会有什么鬼的。

对于黄婆婆的把戏，林宇现在不想追究，只想把害死胡佳的凶手找出来，说不定找到了害死胡佳的人，就可以挖出藏匿尸体的人！

林宇从二楼下来，连同蔡天一起行动，打算仔仔细细检查一下胡佳的尸体。

林宇蹲在地上看着胡佳臃肿的身材，一股怪味儿传进他的鼻腔，恶心得险些没把晚饭吐出来。

尸体总是放在客厅里也不是个事儿，蔡天回头问黄婆婆："还有没有空房？"

黄婆婆忙不迭地点点着头，前面带路。林宇和蔡天一起抬着胡佳的尸体，艰难地向一楼房间移动。

胡佳原本就很重，死人的尸体比生前还要沉很多，即便是两个大男人，一人抬着一边都觉得吃力。黄婆婆带着他们俩穿过一楼的过道，来到倒数第二间客房，房间恰好在王杰的隔壁。

"这是唯一一间客房了。"黄婆婆摸出身上的钥匙打开房门，一股潮湿的味儿迎面扑来，让蔡天和林宇顿感不适。

林宇的眼睛一直盯着黄婆婆拿着钥匙的手，她刚明明说把钥匙忘在房间了，现在怎么又在身上？究竟是她的忘性大，还是这一切都是她装出来的？或许，是其他人干的？

蔡天吼了一嗓子："林宇，快点儿！"

他们俩合力把胡佳抬到了房间里的木床上，三个人一起走出了客房。林宇特意交代黄婆婆把房门锁上。他看着锁上了门，才安心地和黄婆婆一起离开。

只是，他的目光很快就转移到这间房的对门上，许久没有离开……、

（4）

林宇回到客厅，大家都因为恐惧各自回房了，黄婆婆也回楼上睡觉去了。

蔡天看到他一副愁眉不展的模样，扔给他一根烟，说道：“哥们儿，咱们这次出门越来越有趣了，回去我一定要把这个写成小说！”

林宇点燃烟，抽了起来。烟圈儿从林宇的口中缓缓吐出，他陷入了沉思。

蔡天问林宇：“说说吧，你也一定发现什么端倪了，咱俩分享一下。”

“蔡天，好眼力！还别说，我在检查胡佳尸体的时候，闻到了一股很奇怪的味道，却又不记得是什么……”林宇砸吧嘴，手摸着下巴，还没有想到问题的答案。

蔡天也觉得这是个疑点，不过他很快就帮林宇做了决定：“明天聚集所有人，我们依次去搜查住房，肯定会有收获！”

林宇的眼睛顿时放出了光，果然是个好办法！

解决了问题，困意来袭，林宇打了一个哈欠，抬头一看，刚好午夜十二点。

“好了，早点儿睡吧！”说罢，蔡天起身回去睡觉。

客厅里，只留下林宇一个人。

他坐在沙发上抽烟，吐出宝蓝色烟雾，他仍在思考。

天美的尸体去哪儿了？她尸体的丢失和胡佳有什么关联？胡佳的死又是谁造成的？凶手和她俩之间究竟有什么关系？还有，胡佳的身上是什么味儿？总觉得曾经闻过……

林宇的烟抽完了，他的思绪逐渐开始混沌，慢慢地躺在沙发上睡着了……

“咚——咚——咚——”

吊钟的撞击声将林宇惊醒，他抬头一看，已经是夜里三点。

林宇拖着疲惫的身子上了二楼，半眯着双眼走到自己的房前，轻轻扭开房门，怕吵醒正在睡觉的沈晓云。

沈晓云穿着粉红色睡衣躺在床上，身子蜷缩成一团，被子踢在地上。

她还是像个孩子，睡觉都要人照顾。林宇走到床前，捡起地上的被子，轻柔地盖住沈晓云裸露在外的身子。沈晓云浓密的睫毛轻颤着，小脸通红，嘴角还挂着淡淡的笑容。林宇看到这里渐渐入迷了，她依旧美丽诱人。他俯下身子，轻吻了一下沈晓云的额头。可他没想到，这轻微的举动却把沈晓云弄醒了。

“你身上真臭，赶快去洗澡。”沈晓云闻到林宇身上的臭味儿，眉头紧蹙地抱怨着。

林宇闻了闻身上的味道，睡衣上已经沾染到了一股怪味儿，也难怪沈晓云会嫌弃。

沈晓云躺在床上，看着天花板，听厕所里传来流水声。她知道林宇是个好男人，但和林宇结婚这些年，她想要的优越的物质生活，林宇并不能给她。所以，她只能忍痛放弃这段感情。

沈晓云在公司里结识了一个大老板，他能够满足沈晓云的一切物质要求，在她不经意时还会经常制造浪漫和惊喜，让沈晓云动了心。她认为，只有这样一个成熟稳重、经济雄厚的男人，才能够给她美好的幸福生活。

林宇从浴室出来，上半身的肌肉裸露在外，健美的男人总是能够让女人怦然心动。

沈晓云愣住了，但很快她收回了自己的目光，从床上爬起来。她脱掉性感的睡裙，又褪去了内裤，赤身裸体地呈现在林宇的面前。

林宇完全没有忍住，他从后面抱住了沈晓云，不断地在她身上亲吻索取……

沈晓云再次感受到这个男人的野性，他霸道地占有着她的每一寸肌肤。而当林宇在她耳边说“晓云，我爱你……爱你……”的时候，沈晓云恢复了理智。

可她并没有摆脱林宇禁锢的怀抱，任凭林宇这样亲吻着。或许这就是最后一次了，她这么想着。林宇一边啃咬她，一边从牙缝里挤出一句话：“晓云，不要离开我，我不离婚，不想让你离开我……”

沈晓云的眼中流下了一滴泪，如果林宇早点儿知道上进，给她丰富的物质生活，或许就不是现在的结局了。沈晓云把心一横，狠狠地将林宇推出怀中，冷言冷语地再次重申："林宇，我们不可能了！我要的生活，你给不了！"

林宇咽了一口唾沫，或许刚刚他不废话，现在两个人已经在滚床单了！

沈晓云拿着睡衣，转身进了浴室。

这时，林宇才注意到，沈晓云的后肩胛骨上，果然有一块图案，难道就是九重图阵？可以前怎么没注意到……

林宇唏嘘，或许他从很久以前，就没有那么关注沈晓云了。

林宇的心被沈晓云完全抽空，直到有人敲门，他才回过神来，穿好了衣服。

打开门，蔡天一脸坏笑地盯着他潮红的脸，又扫视了一下他，问道："这么慢，干啥坏事呢？"

"滚！"林宇一肚子火气没有地方撒，"天还没亮，你要干啥？"

蔡天把林宇拽出卧室，小声在他耳边嘀咕了几句。

林宇露出了不一样的神色，低声问："你确定？"

蔡天点着头，这种事情他不可能开玩笑。

两个人还没说完，沈晓云穿着睡裙，披着浴巾从浴室里走出来。她回头看了一眼蔡天，微微一笑。蔡天打招呼道："早上好，大美女！"很显然，蔡天并不想把这件事说给沈晓云听。

沈晓云也没想听他们俩聊天儿，坐下来用电吹风吹头发，但插销刚刚插到了墙上的插座，就发出了“滋滋”的声音，很快蹿出了火花。

林宇一个箭步冲上去，拉过沈晓云，把插销拔掉，说道：“这种老古董的房子，不可能支持你这么大功率的吹风机，还是让我用毛巾帮你擦吧。”这是他以前经常做的事。

沈晓云很感激林宇在任何时候都会以她为重。如果不是那个大老板有钱，能给她想要的生活，还能把她包装成大明星，她宁愿一辈子就在林宇身边了。

只是现在，一切都不一样了。

沈晓云向后退了一步，柔声但坚决地说道：“不用了，我自己来！”

沈晓云的拒绝在刚刚受伤的林宇心上又补了一刀。沈晓云是吃了秤砣——铁了心，一定要跟林宇离婚了。

蔡天把他们俩的状况尽收眼底，原本幸福的一对璧人，怎么沦落到现在这种地步呢？

爱情啊，在现实面前果然都是不堪一击的。

他也不想在这里当两个人的电灯泡，便独自下楼了。

而发现胡佳尸体后的黄婆婆，在回到二楼的房间休息时，辗转难眠。她的脑海里，总是浮现出天美的脸，惊得一身冷汗。她实在没有办法，便举着煤油灯走下楼。

整栋楼都没有一盏灯亮起，煤油灯的光亮十分微弱。她缓慢地往楼下走，只看到窗帘在一楼的窗子前肆意飘动，也不知道是谁把窗子打开了。

黄婆婆连忙快走了两步，把一楼的窗子仔细关好，又检查了一下另外几个窗子。当她检查到最后一扇窗子时，一个黑色的人影在窗前闪过。她惊声喊道："谁？"

很快，影子消失在茫茫夜色之中。黄婆婆错以为是自己眼花了，转身向一楼客房走去。

走廊尽头的最后一间卧室，曾经是黄婆婆的房间。每当她有解不开的郁结，总喜欢回到这个房间静思。推开房门，黄婆婆坐在方桌前，叹了一口气。很多事情并非她想象的那么简单，就像天美的死和胡佳的自杀，她也觉得这里面有古怪。

黄婆婆的椅子背对着窗子，她听到自己心跳的同时，也听到了另外一个声音。

是敲击玻璃的声音。黄婆婆猛然回头，窗外有个人在敲窗子！

黄婆婆惊恐万分，不等她喊出声音，窗子已经被一把尖锐的斧头敲碎，玻璃碎了一地。伸进窗子的斧头上一片红色的血迹，血红的颜色让黄婆婆突然想到了被人害死的天美！

黄婆婆的目光和一双如鹰隼般精准而又冰冷的眼睛对视上，那个人淡淡地开口道："老太婆，所有人都会死在这把白斧之下，你女儿只是第一个！"

黄婆婆吓得惊魂失措，眼看着黑衣男子从黑夜中消失，她才意识到，这并不是一场噩梦！

黄婆婆跌跌撞撞地跑回自己现在住的卧室，她都不知道自己是怎样回来的，然后一直在浑浑噩噩中度过，满脑子都是那个人的眼睛和他的声音。凌晨五点半，黄婆婆再也躺不住了，穿好衣服走出房间。

推开一楼卧室的那扇门，从窗外呼呼吹进来的冷风，地上的碎玻璃证明了一切，黄婆婆看到的是真相！

黄婆婆嘴里喃喃地说着："天美啊，你都死了，就安心地去吧，别回来吓唬我这个只剩下半条命的老太婆了！"说着，她从圆桌的柜子里拿出一把香，四处地拜着。

她古怪的行为，刚好被从房间里走出来的王杰的女儿看到。

小女儿问道："爸爸，婆婆是在干吗？"

"婆婆可能是在祭奠女儿，我们去客厅！"王杰轻抚着两个女儿的后背，目送她俩往客厅的方向走去。

听到王杰的声音，黄婆婆转身，恰好和他对视。她凝视着王杰的那双眼睛，这双眼睛和那个拿斧头的男子的眼睛高度吻合！

她在心底打了个哆嗦，她不确定那是幻境还是事实……

（5）

昨天夜里，何天博躺在床上，他在梦里见到了胡佳。

胡佳扭动着臃肿肥胖的躯体，穿着一双红色的鞋子，张牙舞爪地向他扑来，一双手用力地扼住他的喉咙。

何天博觉得脖子都快要断了，他的耳边传来“咔嚓、咔嚓”的响声，他知道那是骨头断裂的声音；他还听到玻璃被打碎的声音，伴随着细微的说话声；还有身边田丽发出的磨牙声。

何天博挣扎着从梦中惊醒，扭过头看向身边的田丽。可令他想不到的是，田丽的脸竟然变成了一个胖子，而这个胖子就是胡佳！

何天博被吓坏了，整个人一下子从床上坐了起来，抹去额头上的冷汗，穿上鞋去了客厅。他告诉自己，这一定是幻觉！幻觉！

借助着手机微弱的光，何天博走到楼梯附近时，听到了奇怪的声音。

他忙躲在楼梯的角落里，一动不动地窥视着楼梯上面的动静。那是一个人的背影，他穿着一双黑色的筒靴，蹲在地上。一抹耀眼的白光在何天博的眼前闪过，他清楚地看到那是一把带血的锋利斧头！

何天博捂住了自己的嘴，唯恐发出一丝声音。他抑制住心中的恐惧，继续看着。

穿黑衣的男人，怀中横抱着什么，缓缓地向上走去……

何天博感觉头上有什么东西滴下来，他用手一摸，满手红色的血液，他险些没喊出声来。直到那个人的脚步声远去，何天博头也不敢回地直奔田丽的房间。

他把房间的门反锁上，唯恐那个人知道他的存在！

何天博大口大口地喘着气，看到熟睡中的田丽躺在床上，悬着的心才放了下来。

刚才的那一切，就像一场噩梦。

平复了自己的情绪，何天博躺在床上，面对着窗子，瞪大双眼，毫无睡意。

就在困意袭来的一瞬间，窗外突然出现了一个人影，在有着冰花的窗子上比画着。

何天博看得清清楚楚，那个人在脖子上抹了一下，他知道这是一种警告！

“泄密者死！”

天际渐渐泛白，这场雪下了整整一个晚上，直至现在也丝毫没有停下来的意思。

何天博的一夜，就这样看着田丽，直到天亮。

田丽睁开蒙胧的睡眼，看到何天博一脸严肃地看着自己，她奇怪地问道："天博，你怎么了？"他微微叹了一口气，说道："没什么，昨晚失眠而已。我们马上离开这里，回到属于我们自己的地方。"

田丽听到何天博的话，心里像喝了蜂蜜一样，窝在对方怀中。

不知过了多久，田丽肚子里传来咕咕的叫声，她娇嗔着："天博，我饿了！"

"哦。"何天博正看着窗外的大树发呆，脑子里不断地盘旋着那个穿着黑色衣服、拿着斧头的男人。

"我说我饿了！"田丽再次说道。

何天博这次动了动身子，拉开被子说道："走吧，我们吃饭去。"

两个人刚出门，就碰见李莉和琴琴也从房间走出来，四个人一起来到一楼客厅。

黄婆婆已经准备好了早餐，一桌子美味让人看着垂涎欲滴。

王杰的小女儿王雅丽坐在了椅子上，她盯着桌子上那盘黑乎乎的"菜"，奇怪地问王杰："爸爸，那个是什么菜啊？看着好像你的黑衣服呢！"

"雅丽，别乱说话！食不言，寝不语。"王杰脸上闪过异色，呵斥道。

王杰异样的表现完全被黄婆婆和何天博看在眼中，原来他们的猜测没错，就是这个男人在搞鬼！黄婆婆盯着王杰的脸，看到他那双眼睛，突然一咧嘴笑了。

黄婆婆对王雅丽说："哎呀，你看婆婆多糊涂，怎么把你爸爸的衣服端上来了呢！我看看！"她走到饭桌前，拿过了盘子，惊呼道，"哎呀，看看我这眼神！这不是一块黑抹布嘛！"

而何天博举在半空的胳膊一直都没有放下，他听到王雅丽和黄婆婆的对话后，心中一寒。

这所有的一切，不就是昨晚发生的事吗？

那看似一场噩梦的场景，原来真的发生过。

何天博抬起头，和王杰四目相对，他顿时愣住了。

从王杰的眼中散发出一股死气，让何天博喘不过气来。他举在半空的筷子突然掉在了地上。

(6)

"雅丽，你去帮何叔叔再拿一双新筷子！"王杰的目光从何天博的脸上转移到地上，且不忘吩咐身边的女儿帮忙。

随着女儿的离开，王杰的目光重新回到了何天博的身上，他如一头猎豹寻觅着自己的猎物，好像这个猎物永远逃不出他的掌心。

王雅丽蹦蹦跳跳地跑到厨房，在橱柜里拿出了一双红色的筷子，重新回到客厅。黄婆婆一眼就瞧见了筷子，呵斥着："这种红筷子不能用，很邪的！"她说着，抢过了筷子，把王雅丽吓了一跳。

委屈的眼泪在王雅丽的眼中打转，她可怜兮兮地问王杰："爸爸，婆婆为什么不让叔叔用红筷子？"

王杰揉着女儿的头发，瞪了一眼黄婆婆，柔声对女儿说："等你长大了就明白了，快去吃饭吧！"

王雅丽得到了爸爸的安慰，又乖巧地坐回到椅子上。

王杰的一举一动都被黄婆婆和何天博看在眼中，在他们俩的心里，那个拿着斧头、穿着黑色衣服的男人越来越清晰，逐渐和面前的王杰合成一人。

原本应当很愉快的旅行，在第一夜就发生了惨案，十一个人的旅行团，现在只剩下了十个人。

窗外还飘着大雪，也不知道何时才能离开这个鬼地方。

吃过早饭，当大家都要回到自己房间时，蔡天在桌子下面踢了一脚林宇，给他一个眼神。

林宇立刻清了清嗓子对要走的人说："因为昨天晚上发生的意外，请大家都在客厅坐好，我和蔡天要去检查一下各位的房间，找出真凶！"

起初大家是不愿意的，毕竟每个人都有隐私，被两个并不是警察的人翻查自己的行李，简直是侵犯人权。可当林宇说，如果不找到凶手，说不定还会有下一个人遇害时，大家就不再有任何异议，毕竟他们都想安全返回。

在林宇和蔡天商量之后，蔡天决定检查王杰的房间。他发现了黄婆婆和何天博看王杰时的异样，这个人或许有问题。

蔡天慢慢扭开门把，映入眼帘的是一片洁白的世界，白色的床单，白色的枕头，枕头旁边各放着两个白色的布娃娃。房间里有一个黑色的大衣柜，在这片白茫茫的世界中，显得如此突兀。蔡天拉开衣柜，柜子里空荡荡的，什么都没有发现。

房间其他地方，也不存在异样。

林宇又选择了胡佳的房间。首先，它是案发现场。第二，凶手很可能把重要物证隐藏在这看似不重要的地方。第三，何天博是关键人物，在他没去田丽房间之前，一直住在这里。

走进房间，林宇的鼻子闻到了那股怪味儿。他在房间里翻找了一会儿，在床头柜里发现了一个日记本！他拿着日记本，嘴角露出笑意，离开了房间。

蔡天出了王杰的房间，来到李莉的卧室。

他一直都怀疑，李莉有忧郁症。她很少与人交流，对待任何事情都一副事不关己的态度。如果她不是一个城府极深的人，就是忧郁症患者。

推开李莉的房门，一股香水味儿扑面而来，这样的房间才像一个女孩子应当有的世界。李莉的床头柜上放着一个黑色的笔记本和一个水晶球，床上摆满了占卜用的塔罗牌，十足的巫婆范儿。

平日里，由于创作关系，蔡天也会涉猎星象、塔罗牌、预测等，他突然想起那本令他嗤之以鼻的《诸世纪》的预测专著。

蔡天翻开放在床头的日记本，第一页上赫然写着怪异的文字，像暗语，又像魔咒。他被吓到了，他曾经见过这东西。

这不得不让蔡天深思，难道李莉不仅仅是一个普通的大学生？她怎么会对这么深奥的东西有研究？又或者说，她也是“自己人”？

随着时间的推移，事件朝着越来越有趣的方向发展着。

蔡天把笔记本放回原处，拿起放在旁边的水晶球看了起来。

晶莹剔透的水晶球体上，菱角凹凸有致，从里面映出他略有些胡子茬儿的脸，还是那么英俊潇洒的脸，蔡天咧嘴笑了。

放在床上的塔罗牌，摆了九张，只有一张是反过来的，上面画了一个拿着白色镰刀的骷髅。

蔡天仅仅瞥了一眼，这张牌暗喻着什么，他已经了然。蔡天的内心冉冉升起一股恐惧，那是对死亡的一种惧怕之感。

林宇越过自己的房间，来到黄婆婆住的卧室。他始终怀疑这个老太太，总觉得她在用怪力乱神来扰乱大家的视线，这个老太太究竟有什么不可告人的秘密呢？

林宇毫不犹豫地打开了黄婆婆的门，他以为在卧室里会有另外一番景象，会有确实的证据。可在这间卧室里，只有一张床、一个桌子……

林宇将门关上，走下楼梯，无意间瞟了一眼公共浴室，一股腥臭的味道从里面传出来……

林宇怏怏地回到了客厅。

客厅餐桌上的饭菜已经席卷而空，黄婆婆和田丽在厨房忙碌，李莉和沈晓云在逗王杰的两个女儿，王杰、何天博坐在沙发上一言不发，蔡天也从客房方向走了回来。

何天博看到林宇的样子，就知道他没有任何收获，便用挑衅的语气问道：“怎么，林大侦探没有任何收获吗？”

“唉……生无可恋了！”林宇一屁股坐在了沙发上，突然又起身从抽屉里找到了笔和纸，“何先生，你帮个忙，写两个字，我的字太难看了！”

何天博放下警惕心，点着头问道：“说吧，写什么？”他对自己的字迹还是很有信心的。

林宇把纸和笔递给他，说道：“第一个字，胡，胡佳的胡，胡子的胡。”

何天博的手一顿，心中产生了不好的感觉，却也忍着写了下来。

“第二个字，念，思念的念，怀念的念，念想的念。”林宇特意着重强调了一下“念想”这两个字。

何天博放下了提防心，以为这只是一个巧合，把第二个字也写了下来。

看到何天博写出的字迹，林宇的嘴角露出了邪魅的笑意……

（7）

林宇一个擒拿手，扳倒了何天博，把他压在了身下。何天博还没有反应过来。

“林宇，你什么意思？”何天博被压得喘不过气来，挣扎了几下，发现并不是林宇的对手。

“什么意思？难道你还不老实交代？”林宇想诈一下何天博，希望他自己主动交代。

“我不知道！”何天博一口咬定，“你快放了我，不要诬陷好人！”

“哼！放不了，你就是害死胡佳的凶手！”林宇一口咬定，说罢又狠狠地掰了一下何天博的手腕。

“啊——”何天博喊道，“林宇，饭可以乱吃，话不可以乱说。你有什么证据？”何天博心虚，他心里想，难道有什么地方遗漏了吗？林宇怎么会发现自己的秘密？

“证据是吗？你刚刚写的这两个字就是证据！”林宇看了看放在桌子上的字，“昨天我们看到的那封遗书，根本就是你伪造的，而我找到了胡佳真正的日记，里面的字迹和遗书里的字迹完全不同！尤其是‘胡’和‘念’这两个字，更不是出自一个人之手。”

“笔迹？单凭写两个字就把我定罪，你以为你真是警察啊？想要说我是凶手，拿出你的真凭实据，说出我的动机！”

“动机！你的动机还不够明显吗？你要和田丽在一起，胡佳不肯，你就把她弄死了！”林宇已经想到了这一点，“最后，你把她推下了窗户，伪装成自杀！”

“你胡说！”何天博用尽所有的力气，好不容易才挣脱了林宇的手，站在他面前对峙，“不要将你的想象当成事实！你就住在我隔壁，你听到我和胡佳吵架了吗？”

林宇愣住了，他的确没听到两个人吵架的声音，那也不代表……林宇还想反驳，蔡天站起来，拍了拍他的肩膀说道：“林宇，你过于急躁了！”

“何天博，你少得意！”林宇放下狠话，“我会找到证据的！”

林宇太冲动了，他忘了无论何时何地都要稳住阵脚，不能有了一点儿小苗头就急躁，这样不仅会打草惊蛇，还有可能把自己推向绝境。

何天博嘴角微微轻颤，露出不经意察觉的笑容来。他心里清楚，或许自己的行动是暴露了，可林宇也找不到更好的证据，他完全可以趁着这个时机溜走！只是，他担心的并不是被林宇的怀疑，他在担心穿黑风衣、手拿白色斧子的神秘人。

何天博用不经意的眼神瞟着王杰，恰好王杰的目光也盯在他的脸上，两个人的目光再次相撞。何天博看到那犀利的眼神、独特的眼型，他心中有个声音十分确定地告诉他，王杰就是那个神秘人！

这时，李莉开口问："我们什么时候才能离开这里？发生了命案，我再也不想在这里待下去了！"

"从犯罪心理学的角度分析，凶手应该是在我们之中。为了保障大家的安全，在查出凶手之前，都不要单独行动，否则容易被猎杀。再说，整个事件都如此诡异，大家整体行动比较好。"林宇对所有人说。

听完他的这段话，大家纷纷回了自己的房间，客厅重新恢复到了安静中……

第三章　暴风雪模式

（1）

大家都走了，客厅里留下林宇和蔡天两个人。

林宇心情沉重，点燃一支烟抽了起来，随口问道：“雪什么时候才能停啊，怎么也要出去找警察，不能总这么拖着！”

蔡天看着外面阴沉的天，沉重地说：“看样子停不了了，估计今天晚上会有暴风雪！”

窗外，风雪交加，风声像哨音似的传进人的耳朵里，让人精神紧绷。树上积满了雪，压得枝头都弯了。

“蔡天，按理说，后面还陆续会有旅行团，可为什么不见人来？”林宇问道。

蔡天当然也想了这个问题，只是他一直都没说。他绕过林宇的问题，问道："虽然天美的尸体不见了，好在胡佳的尸体还在，不如我们去研究一下她的尸体，说不定可以从中找到一些端倪呢！"

老蔡提起这个，让林宇也突然想到了胡佳身体的味道，他总觉得他闻到过那个味道，便答应了蔡天。林宇和黄婆婆要了房间钥匙后，两个人向存放尸体的客房走去……

两个人走到一楼的倒数第二间房，林宇插入钥匙，扭开门上的把手，打开门。林宇望了一眼，胡佳的尸体也不翼而飞了！

"怎么搞的？"林宇喊了出来。

在密闭的空间，胡佳的尸体消失了！

这是林宇侦探生涯中的莫大耻辱，连这些都守不住的侦探和废物有什么两样！

蔡天仔细扫视这个房间。

这间屋子有点儿古怪，和别的客房截然不同。它的屋顶是倒三角形，而其他客房的屋顶是普通的正方形。

他蹲下身子，在床沿处发现些许的红褐色泥土。他用手沾了一点儿，发现早就干了。由此可见，尸体在昨晚就已经被人盗走了！

到底是谁盗走的呢？而且两具尸体接连不见，会是同一人所为吗？偷盗尸体，这又是为了什么？掩人耳目？

"老林，你看地上红褐色的泥土。"蔡天指着面前的泥土，"我猜想，昨天晚上就不见了。"

林宇在蔡天身旁蹲下，也看到了那红褐色泥土。显然，蔡天的推论是正确的。

午饭后，林宇和蔡天围绕此事讨论了一下午，直到傍晚吃饭之前才停了下来。

晚餐开饭前，大家纷纷从房间里走出来。

王杰拉着两个女儿来到客厅的餐桌旁，沈晓云和李莉、琴琴打着招呼，田丽跟何天博谈笑风生地走出来。

田丽笑着对大家道："我去厨房帮黄婆婆。"

没过一会儿，菜都快上齐了。黄婆婆端上来最后一道清蒸鱼，放在餐桌上。

"开饭吧，大伙儿都饿了！"黄婆婆露出满口黄牙，发出干瘪的声音。

大家落座之后，黄婆婆自己也坐了下来。正当大伙儿打算吃的时候，门外传来了敲门声。

黄婆婆嘟囔了一声："谁啊？你们先吃，我出去看看。"说话间，黄婆婆离开了饭桌，其他人开始吃饭。

黄婆婆打开大门，面前站着一个陌生的男人。

黄婆婆问道："你是谁？"

男人看了黄婆婆一眼，问道："这里是艾里克湖景区吗？"

黄婆婆摇摇头，咧开嘴笑了，没想到又是一个走错路的家伙。她转过身子，对男人说："小伙子，你走错了，这儿是艾里克湖的交界处。不过都这么晚了，你进来休息一晚上，明天再走吧！"

黄婆婆领着男子进入别墅，还不忘说："这些人也和你一样走错了路，都待在我这个老婆子的别墅里吃吃喝喝。等大雪停了，你们再动身也不迟，你也有个照应。"

男子在抬头的瞬间发现了一个人，心中焦躁不安的情绪顿时烟消云散。

沈晓云的筷子"啪嗒"一声掉在地上。

黄婆婆对大家说："你们谁借给他一套衣服？赶紧换了去，别着凉了。"

林宇打量着那个浑身沾满雪的男人，眼神有些惊诧。不过，他很快就平复了心情，不想让其他人看出端倪。

林宇刚想开口，王杰却抢先说："我借给你一件，你们两个小家伙好好吃饭！"说话的时候，王杰就领着他往自己的房间走。

林宇饶有意味地看着沈晓云，沈晓云瞪了他一眼。蔡天看着这对名存实亡的夫妻，在心里感叹道：爱情真是个极度不靠谱的东西，什么海誓山盟都是扯淡，一刹那便烟消云散。

男子换好衣服出来，一套黑色长袖衬衣，天蓝色牛仔裤，白色毛拖鞋，整个人看着也清爽了不少。这身衣服穿在他的身上紧绷绷的，一看就不是他自己的。不过，在这种时候，他也别无选择。

"来，过来吃饭吧，大伙儿都等着你呢。"黄婆婆操着干瘪的声音说道。

黄婆婆比任何人都清楚，越是陌生的地方越需要无微不至的关怀，唯恐给人造成被冷落的感觉。

新进门的男人对黄婆婆微笑着，选择在沈晓云对面的位置坐下。

林宇一直歪着脑袋瞅那个男人，眼神特别诡谲。

吃过饭后，黄婆婆怨声怨载道：“我老了，身体不中用了，得先去二楼休息，你们聊着……”

田丽担当起收拾桌子、洗碗筷的工作。

大家都对新来的男人很好奇，坐在客厅里和他闲聊起来。

他介绍道：“我叫赵凡，十分感谢黄婆婆的盛情款待，更感谢这位朋友能借给我衣服，还有这么热情的一群人，谢谢了……”

赵凡说话的时候，时不时地看向沈晓云的方向。沈晓云好似在故意躲避他的目光，每次他看过来，她就扭过头去。

王杰听到赵凡如此客气地说话，也友好回应：“不用客气，我叫王杰，大家出门在外，难免有遇到困难的时候。”说着，他还尴尬地笑了几声。

这笑声令何天博毛骨悚然。

何天博确信王杰就是那个神秘人，可他那么干瘦的身体又是如何握起一把沉重的巨斧呢？何天博没有确切证据，说出来也没人会相信，且会遭到报复，他只能选择沉默。

“兄弟，你从事什么行业？”赵凡闲聊着。

王杰摇摇头，长叹一声：“唉，一言难尽！生意失败，老婆也死了，如今就只有这一对双胞胎！”说着，他摸了摸女儿的头，两个女儿冲着赵凡笑了笑。

“你呢？”王杰问道。

“我……我怎么说呢？人家都叫我导爷，啥都导！”赵凡自嘲着。

王杰尴尬地笑了，他把这个“导”误解成了“贩卖”的意思，而不是导演的导、导戏的导。

尽管王杰和赵凡聊得起劲儿，林宇也发现赵凡眼神的动向，他的眼睛不断地看向沈晓云。林宇想找个机会和这个第三者聊一聊，让他千万不要对沈晓云有非分之想。如果想追求沈晓云，那也要等他从这场战役中彻底退出！

就在这时，客厅灯光一闪，霎时间漆黑一片，与此同时，厨房里传来一声刺耳的尖叫！

“不要慌，拿出各自的手机，去厨房看看发生了什么！”林宇在努力控制现场的秩序。他在空气中嗅到了一股浓烈的气味儿，想到一定是有人遇害了。

林宇冲在最前面，几个男人紧随其后。

林宇刚踏入厨房，就感觉脚下踩到了什么东西。他将手机慢慢下移，只见地上躺着个东西，林宇胃里一阵翻腾……

蔡天拍打着林宇的背脊，他没有呕吐，不过脸色也不比林宇好到哪儿去。

“怎么了？”在蔡天身后的何天博问道。

何天博隐约之中也嗅到了死亡的气息，因为他们身边有个家伙——王杰。

林宇对蔡天微微点头以示感谢，忍住了胃里翻搅的感觉后，他说道：“大家都在客厅的沙发上坐着，不要随意走动，更不要回房间！不知道什么原因断了电……田丽死了。大家尽量两个人或多个人在一起，互相有个照应。一是为了防止类似的事件再次发生；二是防止凶手在我们其中，对别人下手！”

厨房的门从外面被关上，田丽的尸体孤单地躺在里面。

众人回到客厅沙发坐着，完全没有了先前的欢乐之感。

何天博完全被田丽的死惊呆了，让他原本就比较脆弱的神经濒临崩溃。他抓着头发，低声咆哮：“怎么办？我要活着，我要活着！”

“安静！”林宇喊道，“别像个娘儿们一样，贪生怕死的怂样！”

何天博顿时不敢再发出任何声音。他的内心是恐惧的，在天美的尸体失踪之后，他对这个恐怖的别墅产生了逆反心理。在亲手害死了胡佳后，他的神经就变得很敏感。现在，连田丽都遭遇被害，这个别墅一定很古怪！

何天博想要尽快逃离这里，他想要保全自己的性命。

林宇对田丽的突然遇害也心有余悸，尽管他对这个别墅同样产生怀疑，却找不到丝毫能够证明他想法的依据，只能走一步算一步。

林宇深吸了一口气，让自己的情绪稳定下来。他说：“已经出现了三起命案，大家也知道这里面的严重性。所以我希望所有人都听从安排！从现在开始，男人轮流守夜，不能再出现任何意外！”

大家对林宇的安排没有任何异议，必须照顾所有人的安全，不能再出现任何差池了。

蔡天点了点头，这时候的林宇才真的像一个侦探，颇有大家风范。他主动提出：“上半夜我守夜，中间交给王杰，下半夜就由你来吧，林宇。至于何天博和赵凡，你们负责照顾女同胞好了！”

分配好工作，大家依旧围坐在沙发周围。黄婆婆举着煤油灯，从二楼缓缓走下来。光亮逐渐照亮了一个小范围，也照亮了黄婆婆的脸。

黄婆婆低着头，抿着嘴角，不知是笑还是担忧，问道：“怎么了？听到楼下有声音，我来看看。”

“楼下停电了，婆婆……”王雅婷害怕地说道。

“别害怕，”黄婆婆下楼摸了摸王雅婷的头，“这么大的暴风雪，停电是很正常的，就是不知道什么时候才能修好……”

（2）

外面的雪越下越大，透过窗子向外看，整个世界都被包裹在白色中。大家都在为这样的天气担忧，不知道什么时候才能离开这恐怖的地方。

沈晓云依偎在林宇怀中，林宇遇到这么大的事情依旧镇定从容，让她很感动，此刻她才知道有个当侦探的丈夫多有安全感。她闭着眼睛装睡，心中一直在奇怪，为什么赵凡也会来这里？难道，他怕自己和林宇旧情复炽？还是，他在自己的身上装了追踪器？越想越困，很快她就昏昏欲睡了。

为了抵御夜晚的困意，几个大男人开始聊天儿。蔡天和他们不同，他竟然主动和李莉开始探讨推理小说。只有王杰和两个女孩儿最安静，她们窝在王杰的左右，甜美地酣睡着。

王杰并没有睡着，他盯着何天博看。何天博的心脏快要蹦出来了，紧张、惧怕，所有的观感都刺激着他的神经，使他全然没有困意。在何天博的印象中，王杰就是神秘人，他不敢掉以轻心。

夜色越来越浓，困意袭来，大部分人都已经昏昏欲睡，只有蔡天依旧清醒。

长时间伏案工作的蔡天，已经养成了晚睡的习惯。这个时间，他是全然没有困意的。看到大家都睡着了，他便开始回忆所发生的事情。

蔡天的目光在这一群沉睡的人身上游移。田丽的下场让他意识到，凶手一定藏匿在这些人之中。他第一个怀疑的人是何天博，在做了深刻分析之后，又觉得按照何天博对田丽的感情，他或许并不是凶手。而除了他之外，只有赵凡和王杰两个男人。

王杰是个老实人，对女儿关爱有加，这样的人并不像能做出杀人的事情来，嫌疑最大的只剩下了新加入的赵凡。

蔡天想对这个叫赵凡的人多一些了解，看看他身上有没有什么秘密，或者寻找他杀人的动机。

时间一分一秒流逝，很快到了王杰守夜的时刻。蔡天的生物钟也到了时间，困意上来了。

蔡天主动叫醒了王杰，王杰身体一动，把两个女儿惊醒了。

“王杰，交给你了，我困死了！”蔡天如是说。

“好，你睡吧，我守着！”王杰应了下来，想继续哄女儿睡觉。小女儿摇晃着王杰的手臂，轻声说：“爸爸，我想去上厕所。”大女儿也应和着：“我也要去……”

王杰看了一眼还没有入睡的蔡天。蔡天顿时明白，说道：“你带孩子去，我再盯一会儿，煤油灯给你！”

王杰会心一笑，没想到蔡天这么好说话。他拿起桌子上的煤油灯，带着两个孩子向厕所的方向走去……

走廊里传来三个人走路的声音，很快脚步声消失在走廊尽头。

蔡天迷迷糊糊的，也不知道过了多久，他等得快要不耐烦的时候，突然听到高声喊叫：“啊——啊——”

所有人都被这高亢的声音惊醒。林宇第一个反应过来，从梦中惊醒，开口问蔡天：“发生了什么？”

“啊？”蔡天迷迷糊糊睁开眼睛，回答道：“不知道，我们去看看！”

大家的困意全消。林宇和蔡天飞奔向厕所的方向，大力推开门后，只见两个孩子在厕所大声哭泣着。

煤油灯放在地上，昏黄的灯光照亮了狭窄的厕所，两个孩子的身上都被溅满了红色的液体，说不上来是什么东西，马桶里上涌着恶心的味道，墙上也沾满了那种液体，顺墙流淌着……

“王杰呢？”蔡天摇晃着雅丽的身体问道，“别哭了，你爸爸呢？”

雅丽已经说不出话来，站在那里，只顾着哭。

何天博也追了上来，看到厕所里恐怖的场景，失声喊道：“是他，一定是他！是王杰，他就是害人的凶手！我看到了，真的看到了！”

“你他妈的安静点儿！”林宇毫不客气地吼道，“听小孩子说，别打岔。”

“不是爸爸！”王雅婷站出来为王杰说话，“是一个怪叔叔，他把爸爸带走了！”

“爸爸，我要爸爸！”王雅丽哭喊着，“那个怪叔叔往我们身上泼脏东西，然后带着爸爸从窗口跳出去了！”

两个女孩儿语无伦次地说着，可见王杰已经被人带走了，说不定已经遇害了。蔡天很后悔，真没想到会发生这样的事情。早知如此，他就和王杰一起来好了。

两个孩子被林宇和蔡天带出了厕所，重新回到了大厅。

安抚孩子的事情，还是女人在行。李莉和琴琴一人拉着一个女孩儿的手，不断地说着安慰的话。可她俩心中十分清楚，王杰恐怕永远都回不来了……

过了很久，李莉问小女儿：“你还记得刚刚发生了什么吗？”

“我和姐姐被蔡叔叔吵醒，他要爸爸值夜。但是我俩想去厕所，所以爸爸先带我们去上厕所了。我和姐姐上厕所的时候，突然闯进来一个穿着黑风衣、手里拿着一个白色斧头的人，对准爸爸的后背就是一挥，爸爸倒在了我们俩的面前。”说到这里，王雅丽哽咽着，恐怕还没有从惊恐中走出来，“然后，我和姐姐尖叫出来，那个叔叔就往我们俩身上泼东西，随后就把爸爸从窗口带走了……”

“你们俩还记得他长什么样子吗？”琴琴补充问道。

王雅婷摇了摇头，只说：“没有，我看到的和妹妹的一样……”

何天博听了两个女孩儿的话之后，心中的疑问更多了。如果这个人不是王杰，那么还会是谁呢？似乎所有的谜团，越来越深了。

而蔡天，对此也有了自己的新看法。

（3）

蔡天想到何天博在厕所说的那番话，他十分清楚地听见他说，王杰才是凶手。现在，这个被他怀疑成为凶手的人已经遇害，那么凶手又是谁？

在这个别墅里，接连不断地发生杀人事件，让人心生恐惧，更让蔡天联想到了一件事——暴风雪山庄杀人模式。这明明就是侦探小说的一种夸张写法，难道在真实的世界里也会发生吗？

蔡天在脑海中对所有案件进行了梳理，一开始是胡佳，可以初步确定凶手是何天博。而何天博会是害王杰的人吗？假如是他，他用的工具，还有被害人的尸体，究竟藏到了何处？更何况，当时他和大家在一起，并没有发现他离开的痕迹。还是说大家把所有的注意力都放在了厕所，并没有注意到少了一个人？

就在蔡天怀疑何天博的时候，何天博突然哭喊道："救救我，下一个就是我了吗？"

何天博的脑海里不断地浮现出他看到神秘人的样子。那个手里握着白色斧头、穿着黑色风衣、戴着帽子的男人一步步靠近他。只要把斧头举过头顶，轻轻一挥，他的生命就这样结束了……

直至现在，他还处于田丽死亡时的情形，田丽尸体的模样在他的脑海中不断浮现。究竟应当怎样才能摆脱这个恶魔的追杀？这是何天博现在想要解决的问题。

在李莉和琴琴的安抚下，两个女孩儿已经酣然入睡，脸上还挂着泪花。这两个可怜的孩子，在一夜之间就没有了亲人，以后的日子会更加难过吧？

其他人都没有了睡意，全都坐在一起，沉默地望着彼此。

赵凡打破了客厅的宁静，长叹一口气，说："我刚到这个地方就发生了命案，这是怎么了，这么倒霉！"

沈晓云看了一眼赵凡，心中不是滋味。她万万没想到赵凡会跟过来。在这种情况下，她并不想投入赵凡的怀抱，在林宇身边更有安全感。她微微侧头，和林宇的目光相对。原来，他的视线中一直只有她一个人。

沈晓云的心中莫名地温暖，眼中有温润的泪涌动。她挪了挪身体，靠在林宇的怀中，闭上眼睛小憩。

黄婆婆的声音再次从楼上徐徐传下来，她依旧操着干瘪的声音说道：“就说不让你们半夜走动，偏偏不信！都回房间去睡吧！”

在这么危险的夜晚，蔡天和林宇当然不会让大家以身犯险，田丽和王杰就是最好的例子！好在两个孩子没有受到伤害，不然蔡天的心里更难受。

不过，对于黄婆婆的话，蔡天才不会放在心上。他知道这一切都不是鬼神，而是人为！

黄婆婆的话让大家顿时坐卧不安。

琴琴战战兢兢地说：“怎么办？我们不会死在这里吧？”

李莉也开始担忧，说道：“明天一早我们就走！”说罢，还瞪了一眼林宇。

沈晓云并没有注意到李莉的眼神，也应道：“对，我们明天就离开，再也不想在这个鬼地方待下去了！”沈晓云想走，除了因为这里发生了命案，她也不想让自己和赵凡的关系被其他人知道，更不想让林宇为此发怒，她现在需要林宇。

林宇看穿了沈晓云的心思，点了点头：“没错，这个地方已经不安全了，我们还是尽快离开比较好！命案虽然重要，我们自己的命更重要！”

蔡天最理性，他叹了一口气：“大家先平安度过这一夜吧，天亮了再说！”

死亡的气息越来越浓，何天博一分钟都坐不下去了，他有一种不祥的预感：无论他们走到哪里，都摆脱不了同样的结局。他站起身来，拿起一支蜡烛，嘴里喃喃地说：“没用的，我们都走不了，所有人都要留在别墅里……”

这句话令人毛骨悚然。林宇呵斥道：“何天博，你不要蛊惑人心！”

何天博原本想转身就走，他突然停下了脚步，对大家说道：“反正我们都会死在这里。告诉你们一个事实，胡佳就是我杀的，我是凶手！不过，这不是重点。昨晚，我看到了刚才两个孩子说的那个神秘人，是他偷走了胡佳的尸体。我猜想，也是他偷走了天美的尸体。我本以为这个人是王杰，可现在看来并不是。昨晚，那个神秘人和我照了面，他用手比画着脖子，代表说出去就必死无疑！”

“谁知道你说的是不是真话。”林宇嗤之以鼻。

“信不信由你！”说完，何天博站起身往过道走去，“我既然都承认了自己是凶手，还有必要欺骗你们吗？”

何天博从一开始就不是一个让人能信服的人，他突然说出这番话，让林宇和蔡天都不知道该不该相信他。

何天博不想再和这些人纠缠下去，他回到了卧室——这个他曾经与田丽缠绵过的房间。他把蜡烛放在床头柜上，坐在床上向外看。

窗户外依旧飘着雪，呼啸的风吹得窗子嘎嘎直响，他的心随着凌乱的声音乱摆。突然，何天博的目光盯在了窗外的一棵树上。

树上吊着一个东西，

何天博的好奇心作祟，走上前看。

（4）

“啊——”刺耳的尖叫声撕裂了死寂的夜晚。大家循何天博的声音引过来。

“怎么了？出什么事了？”林宇推门就问，唯恐何天博也出意外。

“你们看，窗外的大树上吊着什么东西？”何天博指着窗外惊呼道。

林宇双眼看向窗外，模糊地看见正对面的大树上确实吊了东西，正随着狂风左右摇荡。蔡天审视了很久，叫道：“是人！”

“会是王杰吗？”何天博第一个想到的就是刚刚失踪的王杰。

“我和林宇出去看看，你们都待在别墅里。”蔡天说道。

林宇和蔡天冲出别墅，推开门刚走下台阶，迎面刮来的风雪，让他们下意识地闭上了眼睛。林宇跑到大树下，抬头望去，一个人正挂在树上，双臂上还吊着一条黑色的麻布。

林宇和蔡天合力把尸体取了下来。

这是一具无头尸，男尸！

尸体局部已经开始僵硬，蔡天判断死亡时间应当超过两个小时。

蔡天自言自语道：“这是王杰？”

林宇看着躯体，心里也产生了相同的疑问。

就在这时，别墅里传来刺耳的喊叫声。

“糟糕！调虎离山计！”林宇快速奔回别墅里，他担心沈晓云的安危。

蔡天看了一眼地上的尸体，紧皱眉头。死者究竟是谁？凶手又是谁？他的目的是什么呢？蔡天想到何天博的话，决定回去问个清楚。

别墅里传出一股浓重的血腥味儿，蜡烛也熄灭了。林宇大声喊道：“晓云？”

“我在这儿！”沈晓云的声音传了过来。

林宇悬在半空的心落了地，他随着声音的来源找过去，看到沈晓云靠在赵凡的怀里！林宇一把推开赵凡，毫不犹豫地把沈晓云拉到自己的身边，指着赵凡的鼻子骂道：“你算什么东西，晓云是我妻子！”

“你妻子？你问问她，她还爱你吗？”赵凡理直气壮地说，“她爱的是我！”

三个人之间的问题彻底公开了。沈晓云扯开林宇拉着自己的手，站在赵凡身边，说道：“林宇，既然你已经知道了，那我就和你说清楚，我已经和赵凡在一起了，希望能得到你的祝福……他才是能给我想要的那种生活的男人。”

林宇的心顿时跌入谷底，他原本以为沈晓云已经重新接受自己，现在竟然成了一场闹剧……

蔡天从外面跑进来喊道：“快去找何天博，有些事情我需要确认！”

林宇有些失聪，呆愣地站在原地。蔡天已经跑向何天博的房间。沈晓云在蔡天身后喊道：“刚才那声喊叫，好像就是来自何天博的房间……”

“糟了！”林宇也才反应过来，“坏了大事！”说着，他拔腿就往何天博的房间跑。

蔡天毫不犹豫地撞开了何天博房间的门，正如他们俩的猜测，何天博已经倒在血泊之中……他赤身裸体地趴在地上，背上也印着奇怪的九重图阵。

“又是这个东西！”林宇奇怪地说，“几次都出现了这个东西，难道这些人的死和这个图有关？”

林宇的脑子跳到了九星连珠的图阵和它的传说……

最让他们俩没有办法接受的是，房间里除了何天博的尸体之外，还有胡佳的尸体。

林宇和蔡天对视了一眼，这个人设计得如此巧妙，那么外面的尸体究竟是不是王杰？他们俩又不敢确定了。

“从体型判断，那个人和王杰有差距，我觉得不像……”林宇分析着，“如果不是王杰，外面的男人又是谁？他的目的就是想引开我们，分散我们的注意力，然后对何天博进行谋杀，心思如此缜密……”

蔡天也产生了疑问，喃喃自语：“如果外面的尸体不是王杰，那又会是谁？还有另外一个男人被害吗？”

“蔡天，你有没有发现一件事，自从我们这里多了一个人之后，命案就更多了！”林宇把所有的矛头都指向一个人，他最恨的那个人，“先是田丽在厨房被害，再是王杰下落不明，现在又是何天博死了，胡佳的尸体离奇出现，难道你不觉得奇怪吗？”

蔡天觉得很离奇，但这仅仅是林宇一个人的分析，并没有实质的证据，更何况他看到了林宇和赵凡之间的矛盾，他害怕林宇带有主观意识地把所有的罪责都推在赵凡身上。

“林宇，你别这样，先将情绪稳定一下！”蔡天紧紧地捏着林宇的肩膀，“不能把你的个人恩怨带到案件里，这对死者不公平，对赵凡也不公平！”

“我有足够的理由！”林宇仔细地分析道，“何天博说过，在赵凡没有来别墅之前，他就见到过一个拿着巨斧的黑衣男人，他把这个男人假想成了王杰。可王杰已经死了。这说明什么？在这个屋子里，除了你我，也没有其他男人！我相信不可能是你，我当然更不可能，那么只有后来的赵凡最有嫌疑。他怎么找到的这里？为什么一直追随着我们？难道你都不觉得奇怪吗？”

经林宇这样一分析，蔡天也顿时醒悟，或许林宇分析得有道理，并且之前蔡天也怀疑过赵凡。即便如此，他们并没有证据，也只是怀疑罢了。

两个人分析完，回到了客厅。

赵凡主动问道：“何天博呢？”

林宇哼了一声，用眼角的余光蔑视地看着他，冷冷说道：“你猜呢？”

“哦，挂了？”赵凡语气中带有既怀疑又肯定的态度，似乎已经料到了结局。

“难道你就没什么要说的吗？”蔡天反过来质问赵凡。

“蔡天，你是说赵凡害了何天博吗？”沈晓云突然吼道。同时，她也看了一眼林宇，她认定，这是林宇在污蔑赵凡！

“我？没什么好说的。”赵凡拉起沈晓云，拿着蜡烛，头也不回地说道，“晓云，我送你回我的房间。”

林宇眼睁睁地看着赵凡搂着沈晓云的腰在他面前秀恩爱！那明明是他的妻子，一天没有离婚，她一天就是自己的妻子。可现在，赵凡竟然登堂入室了！他被扣上了一顶绿帽子！

蔡天叹了一口气，林宇的家务事，他不能多说，否则兄弟都没得做。他是一个聪明人，递给林宇一根烟：“既然留不住她的心，就算留住人也没用，放手随她去吧……”

一颗泪珠从林宇的眼角流出，他的内心是崩溃的，没有办法接受这样的事实！他深吸了一口气，对蔡天说：“我想静静。”说完，他转身向二楼的房间走去……

蔡天的记忆回到最初，接到旅行社通知，到达克拉玛依，遇上雪崩来到这里，仿佛都是有人安排好的。可这又怎么样呢？一切都是蔡天想要的刺激，只有刺激才能写出更好的作品。

蔡天又想到，穿黑衣服、拿着斧头的神秘男人，究竟是故意模仿暴风雪山庄杀人模式，还是另有所图？在现场出现的斧头凶器，还有被害人身上的九重图阵，究竟代表什么？神秘人为什么要在他们身上画图？

蔡天自言自语道：“可怕，真是越来越可怕了！”他躺在沙发上，慢慢睡去。

二楼的旋转楼梯上，黄婆婆从阴暗的角落里走出来，用干涩的声调说：“是啊，可怕的游戏开场了……”

(5)

天际渐渐泛起鱼肚白，骄阳探出了半个脑袋，外面的雪终于停了下来。

阳光洒在客厅的沙发上，蔡天慢慢张开眼睛，目光飘出窗外，好的天气总能让人感到神清气爽。

旅行团剩余的人收拾好行囊，打算集体离开这个鬼地方，再也不停留一分钟。琴琴十分委屈，她根本没想到，第一次带团就出现了这么大的意外，恐怕以后公司很难再用她了。

琴琴拉着黄婆婆的手，嘟着小嘴说道：“黄婆婆，谢谢你两天的照顾，我们走了……”

“别客气……”黄婆婆指了指窗外，“不过，你们不要回来了。否则，会发生更恐怖的事！”他们都已经习惯了黄婆婆的故弄玄虚，她总是会把“怪事”和“鬼神”挂在嘴边。

“走了还会回来？傻子才回来！”赵凡拉着行李箱，嘟嘟囔囔地说。

“你也跟我们一起走？”琴琴指着赵凡问道。

赵凡嘴里叼着一根烟：“我当然不会在这个恐怖的地方待下去，我跟你们一起走，到时候好陪晓云直接去办离婚手续。”

当他说这句话的时候，其他人的目光都盯着林宇。林宇的脸青一阵红一阵，他狠狠地瞪了赵凡一眼，若不是沈晓云说他们再也没有机会了，林宇肯定不会把她让给赵凡。

或许是蔡天的那句话奏效了，林宇平静地说：“晓云，我只希望你能幸福！”

“我会的。”沈晓云的眼中也含着泪水，她很感激这几天林宇为自己做的每一件事，只可惜她已经走错了路，就这样一路错下去好了。

“好了，大伙儿收拾完了吧？”琴琴拍拍手，大声说，“都收拾完了，我们就出发了！”

“大家伙儿都准备好了，可这两个小女孩儿怎么办？”李莉一手牵着一个小家伙。在王杰生死不明的情况下，也不知该如何安置他的女儿。

“把她们留在这里吧，毕竟还不知道王杰是否真的死了……等我们回去后，会联系她们的亲人。”琴琴做出了一个非常不明智的决定，却也无可奈何，毕竟没有人愿意带着这两个孩子。

蔡天对林宇说：“出去后，我们先报警。不过，把孩子留在这里真的好吗？”

“无所谓，一切和我无关的事情，我再也不想处理了……”林宇点了一支烟，心情沉重。

蔡天背上包，也准备向外走。李莉在他的身后喊住了他：“蔡天，等我一下！”

“什么事？”

“你相信九重图阵和九星连珠吗？”李莉锁紧眉头问道。

“九重图阵和九星连珠？”蔡天的嘴角抽搐了一下，这种问题，李莉怎么想到和自己分享呢？

李莉继续说：“我在网上看过，只要收齐九具尸体，并在背后画上九重图阵，在九星连珠那一天就能逆天改命。”

“你相信这种说法？”

“实际上，这是有历史记载的。九重图阵在预言大师诺查丹玛斯的预言集《诸世纪》里出现过。据说，这图有着神奇的力量，能让你心想事成。不过，我也是道听途说的。”李莉笑了，“你呢？你信吗？”

蔡天只是笑了笑，耸耸肩，这种完全没有经过考证的话，他不会乱说。

蔡天虽然没有表态，可他还是把李莉的话记在心里。九重图阵和九星连珠联系到一起，也许真会产生意想不到的结果，只是没有人知道这里面究竟包含了什么。

旅行团来的时候有十一个人，现在只剩下了七个，看着有些凄凉。

黄婆婆站在通往二楼的楼梯上，嘴角露出不经意的笑容，突然对所有人说：“你们都要留下陪我！”她的模样像动画片里的女巫，笑容狰狞恐怖。

大家都用鄙夷的目光看着老太婆。沈晓云率先走出大门。

蔡天感到隐隐不安，对走在最后面的林宇问道：“晓云没问题吧？”

沈晓云再回到天涯市，就不是林宇的妻子了，她的幸与不幸都握在赵凡的手里，和林宇没有任何关系了。林宇的心撕裂似的疼痛，他咬紧牙关对蔡天说道：“已经没有关系了。不是你让我放下的吗？”

琴琴长吁一口气，看了看黄婆婆，又看了看蔡天，心中也觉得不安。

黄婆婆站在楼梯上，笑容让人不寒而栗，仿佛她的双眼能穿透周遭的一切……

第四章　一切还在继续

（1）

沈晓云第一个，赵凡第二个，门外依旧是银白色包裹的世界。

在天涯市很少能见到这么大的雪，沈晓云也是第一次见如此漂亮景色。她深吸了一口凉气，脑子顿时清醒了几分。林宇不在身边，现在有了赵凡，她的心情更好了。

在没有等其他人的情况下，沈晓云和赵凡向着他们来时的路出发，他们希望可以原路返回，找到去往艾里克湖的方向。

没走多远，沈晓云的右眼皮就开始一个劲儿地跳，一股莫名的危机感再次升起，愈加强烈的感觉让她感到焦躁不安。她紧紧地握住赵凡的手，想在他这里寻求到安全感。

一年前的酒会上，沈晓云结识了当导演的赵凡。他器宇轩昂的样子让沈晓云沉迷。最重要的是，他有钱，可以给自己所需的物质生活 ，并且能够捧红自己！

沈晓云为了缓解心情的郁结，主动和赵凡聊了起来："赵凡，你怎么知道我在这里？"

赵凡奇怪地看了一眼沈晓云，反问道："不是你给我发了邮件，还附带了地图，让我来找你的吗？"

沈晓云顿时慌了神，她根本都没有发过邮件，怎么可能！

这中间一定出了什么问题！

"我给你发邮件？"沈晓云一副茫然的表情，"我没给你发过邮件啊！"

"啊？"赵凡心中也慌了，"怎么可能，等回去我给你看，邮件我还存着呢！"

两个人肩并肩地往前走，不再讨论这个问题。

他们穿过大树旁的小道，来到结冰的湖泊前。湖面上还结着晶莹剔透的冰锥。两个人回过头看那栋白色的别墅，它就像一栋异类建筑高耸在雪地里。

身后依然没有人跟上来，沈晓云看了看身边的男人，她并没有害怕，这是她最美好的前程，只要回去一切都会好起来的。

沈晓云看着眼前之境，不由得感叹起来，这个地方真是太美了。如果不是太诡异，她还真希望多停留几天。

他们走在结冰的湖面上，鞋底在冰面发出"嘎吱、嘎吱"的响声。穿过一条鹅卵石小路，眼前的情景让他们都愣住了——前面没路了！

没错，唯一一条通往外界的木吊桥，已被雪崩冲毁。沈晓云不知道应当再往哪儿走……

“怎么办？”沈晓云一副愁眉不展的模样。

“这荒郊野岭的，我也找不到路，也没有带指南针，我们还是回去和他们一起走吧！至少还有导游，说不定她会有办法呢！”赵凡只能这样安慰沈晓云。毕竟他不是探险家，没有这种野外生存的经历。

这种时候，沈晓云没有任何选择的余地。她知道赵凡不是林宇，她不能按照要求林宇的标准去要求赵凡。她只能跟着赵凡原路返回，朝着白色别墅的方向移动……

沈晓云心情烦躁地问赵凡：“我们真的能离开这个鬼地方吗？我害怕得要命！”

“放心吧，有我在！”赵凡握住沈晓云的手，一副信心十足的样子。

“别墅的规则：要离开，把命留下！”远处飘来一个嘶哑的声音，让人的心跳不由得加快。

“谁？是谁在装神弄鬼？”赵凡回头喊道。

赵凡的声音飘出很远，隐约还能听到回声。

他突然愣住了。他清晰地看见，湖面站着一个身穿黑衣、手握银白色巨斧的人。那人把自己包裹得严严实实，唯独露出一双阴冷的眼睛直直盯住赵凡。

他一步步靠近赵凡，手里的巨斧也放了下来，一边沿着湖面走，一边将结冰的湖面割出一条裂缝，泛白的湖水顷刻涌上湖面。

沈晓云怔怔地看着这一幕，一脸的恐惧，只感到窒息。神秘男人一步步朝着沈晓云走来。沈晓云知道自己快死了。她忽然放声叫道："放过我！放过我！！"

"放过？"他持着巨斧，冷峻的声音幽幽地飘了过来。他缓缓地举起巨斧，眼里闪过阴狠的恨意，用力挥动巨斧，对着面前的人劈了过去。

"砰"的一声巨响，沈晓云被赵凡推到一旁，赵凡倒在湖面上，暗红色的血流到冰面上，渐渐渗透到冰里……

沈晓云反应过来后，爬起来，发疯似的朝别墅跑去。

"救我，救我！"她刚跑出去没多远，前方出现了一行人，"有神秘人！快点儿救我！"

蔡天快步跑到她面前，问道："发生了什么？"

"赵凡有危险！快！快去救人！"沈晓云惊恐地喊着，她担心赵凡，刚刚赵凡为她挡了一下，说不定已经……

沈晓云的脑海里浮现出赵凡倒下的那一幕，还有那个人举着斧头的样子。不知为什么，沈晓云竟下意识地把神秘人和林宇重合……

"对！是林宇！一定是林宇！"沈晓云突然抓住蔡天的手。

"林宇？"蔡天不解地问道，"林宇怎么了？"

"林宇，他就是那个神秘人！他对赵凡下手了！"沈晓云说，

“一定是这样的。我感觉得出来，他就是林宇！”

“沈晓云，你在胡说八道！”从沈晓云的背后传来林宇的质问。他走上来，盯住沈晓云的眼睛，眼里满是怒火。

一刹那，沈晓云的心跳慢了半拍。她抽泣地哀求道：“林宇，我求求你，是我对不起你，你原谅我，好吗？求求你……”

林宇冷笑着对沈晓云说：“晓云，你曾经是我最爱的女人，亏我刚才还担心你遭遇不测。结果，你怀疑我是神秘人？”

“林宇，赵凡已经死了！是神秘人，是他干的。我只是有些语无伦次，我害怕……”沈晓云拽着林宇的胳膊。

蔡天一行人跟随其后，来到结冰的湖泊。可在这里，既没有神秘人，也没有赵凡！湖面上只是刮起一阵寒风，夹杂着冰屑飞到众人的脸上。

那冰屑让沈晓云缓过神来，她脑子混沌了，明明是在这里，怎么一转眼就不见了？

“赵凡不见了，和王杰一样不见了！那么，下一个就是我了吧？”沈晓云抱着林宇，“我没有撒谎，真的没有，你要相信我……”

“如果你没有撒谎，你说赵凡死了，那他的尸体呢？”林宇想相信沈晓云的话，可现在赵凡的尸体都不见了，还说什么相信？更何况，从赵凡出现的那一刻，林宇就再也不相信沈晓云的话了，“沈晓云，我们俩已经没有任何关系了！”

沈晓云的心似乎被尖锐的冰锥刺穿了心脏，整个人宛如步入地狱，像是一个已经没有生机的女人。

沈晓云打了个寒战，抬眼望着不远处的湖面，喃喃自语道：“我要活着，我一定要活着！”

（2）

沈晓云明白，自己知道的事情太多了，她不但看过神秘人的外形，还听过他的声音；如果不能保护好自己，那么很可能下一个被害的就是自己！

琴琴对现在的情况也感到了恐惧，她催促大家：“我们快点儿走吧，这里太危险了！”

当大家都走过去，沈晓云从他们的身后发出了哀号：“没用的，我们走不出去！吊桥已经被雪崩冲毁了，所有人都走不出去，没有其他的路了！”

大家的心情更加沉重了，吊桥的方向本是出去的路，如果连这条路也走不通，那么很可能被困死在这个地方。

李莉问琴琴：“你是导游，你应当知道还有其他的出口，对不对？你带我们走！”

琴琴低下了头，摇晃着脑袋，沮丧地说：“我是第一次带团，第一次就遇到了这么恐怖的事情，脑子已经混沌了，根本不知道还有什么出口……”

所有人再次陷入了困境。

“不如我们回别墅吧，等雪融化了，或许就能找到出路。至少，也比我们在冰天雪地里要好，还有个神秘人不断地杀人，这太恐怖了！”琴琴提议道。

琴琴的话起到了决定性的作用，三个女人一致决定回别墅，两个男人也只能随同回去。

一起从别墅出来的人里，又少了一个。

他们再次穿过狭长的小石板路，回到了这栋哥特式别墅，绕过那棵大树，看到“× 人别墅”的红色铁牌子，来到台阶前。

蔡天敲响别墅大门，喊道：“黄婆婆，我们回来了！开门啊！”

喊了许久，也不见有人回答，蔡天用力推了推别墅的大门，发现上了锁。

“屋子里好像没人！难道黄婆婆和两个孩子遇害了？”蔡天推测道。

这个推测并不是无中生有。一栋别墅里只有一个老太婆和两个小女孩儿，在成年人都不在的情况下，岂不是神秘人下手的最好时机？

“我们要想办法进去，看看里面什么情况！”林宇在别墅的周围绕了两圈，最终把目光停留在大树前的那个牌子上，他对蔡天说：“咱俩把那个牌子弄下来，把窗子砸碎，进去再说！”

蔡天和林宇合力摘下了铁牌子。林宇拖着铁牌子，向别墅后面走去。他举起手铁牌子，奋力往窗子上一砸。只听“哗啦”一声，铁牌子整个飞进房里，碎玻璃散了一地。

“我们可以进去了！”林宇喊道。

两个男人让三个女人先进去，他们俩才进入房间。

这个房间，是黄婆婆曾经住过的房间。在这间卧室里，除了一张床、一个桌子和一个衣柜之外，别无他物。

蔡天总觉得这个房间十分奇怪，尤其是那张床，怎么看摆放的方向都很别扭，他愣在了原地。林宇回头问道：“老蔡，有问题吗？”

“啊，没有！”蔡天回过神，把卧室的门打开，让大家去其他房间找一下。

一楼的卧室都没有人，客厅和厨房也是空荡荡的。林宇去二楼检查了一下，也没有发现任何奇怪的地方。他们在客厅集合。

沈晓云的情绪依然没有稳定下来，她啜泣着：“完了，完了，我一定是下一个，一定是！”

林宇看到她这么激动的样子，心里自然也不舒服，拉着她的手安慰道：“别怕，有我在，一定不会让你有任何危险！”

蔡天回忆着沈晓云的话，总觉得这里面还有漏洞。不管沈晓云的情绪如何，他还是问了出来：“晓云，在赵凡遇害的时候，你都看见了什么？请把事情的过程原原本本地和我们讲一遍。”

“当时是这样的。神秘人原本并没有冲着赵凡去，他是想过来杀我的。赵凡为了救我，一把把我推到了一旁，斧子劈在他的身上。这个神秘人穿着黑色的大衣，蒙着脸，只能看到一双眼睛。他的个头看上去挺高的，身材匀称。他还说了一段话，声音压抑低沉，应当是伪装出来的……”沈晓云说话时，依旧没有停止啜泣，“然后，我就跑回来向你们求救，这就是我所知道的一切。”

“不对啊！”林宇连忙反驳，“我追去找你，并没有看到什么神秘人！”

对于林宇的反驳，沈晓云无话可说，只是摇着头。

蔡天也说：“我们看到林宇追出去，担心你们的安危，连忙也追去了出去，也没有发现神秘人。”

“对！”琴琴也说道，“不过，除了这个之外，我还有个疑问，黄婆婆和孩子都去哪儿了？我们真的中了调虎离山之计？”

琴琴的声音刚落，就听到有人用钥匙开门的声音，外面传进来两个孩子吵吵嚷嚷的声音。大家顿时明白了，这并不是调虎离山之计，而是黄婆婆带着孩子们出去了。

两个孩子跑进来，看到大家都回来了，王雅丽嘟着小嘴说：“叔叔阿姨，我以为你们把我们扔在这里不管了呢……”说着，哭了起来。

琴琴忙把小姑娘抱在怀里，哄着：“我们不会离开的，不会扔下你们的。放心吧！雅丽最乖了，不哭……”

琴琴哄小女孩儿的时候，蔡天问黄婆婆道：“黄婆婆，你带着孩子们干吗去了？”

“唉，还不是因为你们！”黄婆婆一副埋怨，“这两个丫头看你们都走了，就开始闹腾，说也要和你们一起走，不依不饶地让我带着她俩去找你们，结果也没有找到……”

好在大家都回来了。

黄婆婆扫了一眼，感觉少了一个人，问道：“怎么少了一个人？”

“是赵凡，他遇害了！”蔡天叹了一口气。

“它来惩罚你们了！”黄婆婆又拿出那副语气说话，好像在这个别墅里真住着一个“神秘人”。

“别危言耸听了，让我们安静一下吧！”林宇不耐烦地冲着黄婆婆发脾气。

黄婆婆被林宇一喝，也不敢再说什么，丢下句“我去厨房弄饭”，便拉着两个小女孩儿走了。

沈晓云的目光在林宇身上游移。她本不该怀疑林宇，可在赵凡被害后，林宇忽然从她背后冒了出来。这很难不让人怀疑，这一切很可能跟林宇有关系，只是她现在还没有证据。

窗外一片雪白，旅行团的成员越来越少了，莫名的危机感开始萌发。没错，是那种从内心深处发出的不安。

上午十一点。

“林宇，你在我背后出现的时候，看到了什么吗？”沈晓云试探性地问道。

“没，我什么都没看到！”林宇没有看沈晓云的眼睛，低着头回答。

就在林宇陷入沉思的时候，两个小女孩儿从厨房跑出来，口中惊呼：“黄婆婆被坏人抓走了！”

蔡天和林宇冲入厨房，厨房里除了残留的血迹，什么都没有。在密闭的空间内，黄婆婆竟然凭空消失了！

黄婆婆究竟怎么遇害的？去了哪里？还有，神秘人为什么对她下手？黄婆婆口中的“它”又指什么？

一切都成了谜。

“连黄婆婆都遇害了！我们都会完蛋的！”沈晓云哭喊着，精神已经濒临崩溃。

蔡天回头看了一眼站在门外的两个小女孩儿。她俩还惊魂未定，都吓哭了。蔡天蹲下来，问道：“雅丽，你告诉叔叔，刚才你看到了什么？”

“有一个人把黄婆婆带走了！”两个人异口同声地说道。

这对双胞胎连续经历了两次恐怖事件，眼睁睁地看着熟悉的人从她们的面前被掠走，这对她们幼小的心灵会造成多大的伤害？到现在为止，还不确定王杰有没有死，两个孩子会不会变成孤儿。

李莉走上来，拉住两个孩子的手，对蔡天吼道：“你别问了，这对两个孩子太残忍了！”

的确，对两个孩子来说太残忍了。蔡天也不忍再追问下去，可一丝狡黠的眼神从他的眼中掠过，嘴角抽搐了两下，或许所有的谜底都快揭开了。

林宇看到厨房做了一半的饭，肚子开始唱起了空城计。他对三个女人说道：“不如你们先去做饭，等吃了东西，我们再想对策吧！”

三个女人点了点头，一上午过去了，肚子确实有些饿了。

林宇和蔡天坐在客厅里，讨论着关于这件事的看法。

两个孩子在角落里坐着，一声不响。

蔡天盯着那两个孩子，低声对林宇说：“老林，你不觉得这两个孩子有问题吗？”

“嗯？什么意思？”林宇还没有反应过来。

“你试想一下，如果你和她们的年龄相仿，遇到了两次恐怖事件，还会有这么淡定的表情吗？”蔡天压低声音分析，“虽然她们哭过，可很快情绪就稳定了。这说明，她们要不然就是在隐瞒什么，要不然就……”

蔡天的话没说完，王雅丽抬起头看着他笑了笑，问道：“叔叔，你一直看着我们，有事吗？”

“没事，我在观察你俩饿不饿，想让你们快点儿吃上饭啊！”蔡天马上改变了态度。

“饿，我们俩都饿了！”她俩异口同声地回答道。

蔡天点点头，让林宇去厨房看看。他打算和林宇吃饭之后继续讨论。

（3）

蔡天从裤子口袋里摸出烟盒，点燃一根香烟叼在嘴里，目光游移到了窗外。

被大雪冲毁的木吊桥，困在与世外完全隔绝的别墅，杀手隐匿在暗处接二连三地犯案，这的的确确就是暴风雪山庄模式的杀人手法，蔡天再次确定了自己的想法。

在这个特定的暴风雪山庄模式下，究竟会发生什么未知的事？蔡天在等待，等待真相大白的那一刻。

“你在想什么？”冰冷的声音，没有任何感情，在蔡天背后响起。

蔡天回过头，原来是李莉站在他的身后。他回答道：“我在等待，等待某些‘东西’的降临。”

“等待？人吗？”

“不一定是人！或许，根本不是人！”蔡天眼神阴兀，表现出一种常人没有的状态。他想，或许这一天很快就要来临了。

林宇从厨房里端出几碗面条，说道：“快点儿过来吃面！”

热腾腾的面条摆在桌子上，可大家都没有心情好好吃饭，所有人各自怀揣心事，慢吞吞地吃着。

琴琴用眼睛的余光看着蔡天，嘴角露出不经意的笑容，说不出的诡异。

沈晓云看着林宇吃饭的样子，心里想着神秘人的样子。她总是下意识地把林宇和神秘人的身影重合，这种感觉越来越强烈！

蔡天打破了客厅里的宁静，开口问两个孩子："你们俩是眼看着婆婆被人带走的吗？最后一面见到婆婆是什么时候？"

"婆婆在烧饭，让我们俩帮忙择菜。我和妹妹蹲在垃圾桶旁边，一边聊天儿一边择菜。不一会儿，就听到婆婆'呜呜'地喊。等我们俩再回头的时候，婆婆已经不在厨房里了，厨房里被溅得到处都是血……"王雅婷说道。

"不见了？她是被神秘人抓了？"林宇反问王雅婷。

王雅婷呆愣愣地点了点头，又摇了摇头，说道："只是不见了，我们没有看到神秘人……"

事情越来越复杂了，王雅婷和王雅丽的话究竟有没有可信度？

琴琴更加紧张了，她放下碗筷，抽搐着："我们真的能离开这里吗？"

"能！一定能！"林宇信心十足，"我们一定有办法逃出去的！"

三个女人收拾桌子的时候，蔡天凑到林宇身边，小声说道："林宇，你不觉得有问题吗？好像从一开始，我们就进入了一个圈套！"

“圈套？”林宇锁紧眉头，不解地问，“你什么意思？”

“神秘人、旅行团、死亡，这所有的一切，你就不觉得像事先安排好的吗？”蔡天用十分惊恐的眼神看着林宇，“或许，我们从一开始就是被人算计进来的！”

他这句话，刚好被从厨房走出来的三个女人听到了。沈晓云凑过来，她疑惑地问蔡天：“不可能，我们这些人互相都不认识，怎么可能被算计进来？何况，幕后的人呢？他究竟有什么企图？”

“企图，我想或许会不会……”琴琴也参与进来，“会不会是黄婆婆说的‘那个东西’呢？”

沈晓云一听，立马反问：“你说那‘东西’是不是人？”

“琴琴，你就别吓她了！”林宇阻止她们继续争执，“我们现在是寻找解决方案，不是吵架。”

三个人争执的时候，蔡天注意到了站在一旁的李莉，她始终没有说话，目光呆滞地看向窗外。

窗外，雪又开始下了起来，鹅毛般的大雪一片片从天上落下来，把他们回来的脚印全部填满。这样的天气，怎能让人不产生恐惧呢？

蔡天盯着李莉。她似乎感受到了蔡天目光，回过头和蔡天对视。蔡天错开李莉的目光，同样看向了窗外。

为了不让他们三个继续争执下去，王雅婷拉着琴琴的手，问道：“姐姐，你带我们去洗澡好吗？”

琴琴知道两个孩子是为了打破尴尬的场面，她不好回绝，只能对两个孩子说道：“好，你们俩先去房间里找换洗的衣服，我一会儿就去帮你们俩！”

姐妹俩拉着手向她们原来的房间走去。琴琴看着她俩的背影，感叹着：“还是小孩子好，什么烦恼都会很快忘掉。”

林宇一回头，瞧见蔡天一副心事重重的样子：“老蔡，想什么呢？”

蔡天没有搭理他，而是将目光移到远处那棵大树上，粗壮的树枝上积压着皑皑白雪，好像随时都会被压弯。

“啊——”一声刺耳的尖叫声传出，众人循声望去。

“糟糕！那对双胞胎！”林宇赶忙跑了过去，余下几人跟随林宇朝王杰的房间跑了过去。

林宇手握着门上的把手，用力一扭，门开了。

蔡天抢先进入房内。

两个小女孩儿被高高地吊挂在衣柜的顶部，两双红色小皮靴还在左右摇摆，她俩的脸上都被画了奇怪的图案。

林宇跑到蔡天面前，合力把被吊在衣柜顶部的孩子取下。两个小女孩儿的眼睛瞪得大大的，显然已经死了。

“畜生！”林宇咆哮道。

“那人到底用什么作案手法？众目睽睽之下，杀人于无形？”蔡天也惊讶。

“等一等……”琴琴忽然大喊，“你们看她俩脸上的图案。”

“九重图阵！”蔡天也发现了端倪。

林宇瞪着蔡天问：“蔡天，你是不是有事瞒着我？”

“唉……”蔡天叹了一口气，再也不能隐瞒下去了，“事到如今，我唯有实话实说了。你还记得去年我们出差遇见的老酋长吗？”

“记得，他怎么了？”

“他说，相传在九星连珠开始，要提前准备好九具尸体，并且在炽热的身体上画上九重图阵，结合九星连珠的力量，就能开启图阵的魔力，借此实现一个逆天改命的愿望！”蔡天说道。

“你好歹也是一个悬疑作家。老酋长的话是忽悠人的，你也信！”林宇有些吃惊，没想到一向无神论者的蔡天也变成了现在的样子。

“我也只是当故事听了，没当真。可在这些尸体上，确实见到了九重图阵！”蔡天惊恐地说道。

“救命——”又是一声尖叫。

“是晓云！”林宇以生平最快的速度冲到厨房里。

沈晓云瘫坐在地上，脸上都是血，手臂上被划了一个伤口，暗红色的液体涌出来。沈晓云的脸苍白如纸，眼神涣散地看着林宇。她扑进了林宇的怀中，颤抖着。

“晓云，你怎么了？”林宇把坐在地上的沈晓云抱起，平放到沙发上，“蔡天，我背包里有纱布，帮我拿出来！”

沈晓云的身体瑟瑟发抖，惊恐的眼神流露着死亡的气息。林宇伸出右手，摸着沈晓云的脸说：“晓云，究竟发生了什么事？”

“我见到王杰了！对，是王杰！一定是他！”沈晓云喃喃自语道。

林宇看着沈晓云那空洞的眼神、颤抖的身躯，心中着实充斥着疼痛。

蔡天把背包里的纱布拿出来递给林宇，追问道：“王杰没死？”

林宇把纱布缠到沈晓云的手臂上，轻声问道：“好一些了吗？”

沈晓云还没有回过神来，脑海里完全是那骇人的一幕。那个在厨房窗外忽然闪现的脸，嘴边邪恶的微笑，凌乱无比的头发，苍白如纸的面容，邪魅的声音还在她耳边回响：“所有人都会死！所有人都会死！”

“晓云？”林宇扶起沈晓云，“你没事吧？”

“等等……”蔡天突然意识到，沈晓云或许没有说谎，“我觉得，晓云见到的或许真的是王杰！”

王杰出事之后，只有两个孩子看到是被神秘人带走了，并没有确认尸体。而在大树上吊着的那个男子，也没有办法辨别出究竟是不是王杰。如此说来，或许神秘人就是王杰！

就在蔡天做推理的时候，沈晓云突然一把推开了林宇，嘴里念念有词地吼道：“林宇，你别装了，就是你！就是你害死了赵凡。我可以确定，就是你！你和王杰都是神秘人，你们究竟要做什么？！”

“我说了，不是我！”林宇发火了，“沈晓云，你不要逼人太甚，不要以为赵凡推了你一把，你就把他当成恩人，把我当成仇人！”

林宇的吼声，顿时让房间安静了下来。所有人都屏住呼吸。

“吱——吱——”不知从什么地方发出刺耳又尖锐的响声，让人听了不由得毛骨悚然。

（4）

最恐怖的作案手法，奇诡的九重图阵，下落不明的尸体，隐匿在暗处的神秘人。最恐怖的是“他”就在身边，随时都会命丧黄泉！

在这压抑的场景下，没人愿意打破寂静，生怕一开口就会成为下一个目标。可没人能预想到，游戏永远不会停止，除非所有人都死了……

是的，这是一场经过精心策划的别样之旅，所有人都是被神秘人邀请来的客人，享受一场饕餮盛宴。

“晓云，就算你想陷害我，请你拿出证据！”林宇生气地反驳道。

“晓云，不可能是林宇，我了解他！”蔡天也帮忙解释，希望沈晓云能够放下对林宇的成见。

“蔡天，你问他都干了什么？”沈晓云横眉冷对，“你让他自己说！”

“你要我说什么？”林宇完全不清楚，沈晓云究竟怎么了。

“你自己心里清楚！”沈晓云对林宇大吼，“我的电脑邮件，难道不是你伪造的吗？”沈晓云想到了赵凡说的疑点，除了林宇，还能有别人吗？

蔡天盯着林宇看，想让他给一个完美的回答。

林宇矢口否认：“我没有！我都不知道你电脑的密码，怎么可能……”

“你看，我就说！”沈晓云说道，“如果你没打开过我的电脑，你怎么知道有密码！”

林宇百口莫辩，一个字都说不出来了。

琴琴看两个人吵得厉害，忙帮林宇说话：“我觉得不是林宇，我们前后没差几分钟。如果真的是他，他怎么来得及换衣服呢？”

沈晓云顿时闭上了嘴，只有这条是她解释不通的。可除了林宇之外，她没有怀疑其他人的道理。因为只有他才有杀人动机。

李莉在一旁默默地看着这群人，眼里满是嘲讽之色。从夫妻到陌生人，由开始的信任发展到现在的互相猜疑，看来人都是善变的动物，尤其是女人。他们所有的言辞在李莉的眼中，都是很可笑的。

蔡天不想沈晓云和林宇再争执下去，他把林宇拉到一旁，小声说道：“女人嘛，小心眼儿，你别和她一般见识！”

林宇沉默着，并没有回应蔡天的话。他知道，沈晓云不是小心眼儿，是真的在怀疑他。只是，他们现在还算名义上的夫妻，不能闹得太僵。

蔡天拍了拍林宇的肩膀，叹了一口气，说道："林宇，我一直在想老酋长的话，究竟是不是真的呢？"

老酋长对他说过的话一直盘旋在他的脑海中："年轻人，当九重图阵开启的时候，时空裂痕就会跟着裂开，最终能穿越空间，改变过去，改变命运！"

"你相信他的话？"林宇反问蔡天。

"你猜呢？"蔡天微微一笑，笑意中包含了太多的含义。

"老酋长"九重图阵"这些词进入另外三个女人的耳朵里，她们完全听不懂林宇和蔡天在说什么。

沈晓云一直盯着林宇，心中十分不爽。不过，她发现房间里少了两个孩子，追问道："两个孩子呢？她们在哪儿？"

"她们，她们……"琴琴支支吾吾不好意思说。

李莉直接告诉她道："死了。"

"啊——"沈晓云发出一声惊呼，心再次跌入谷底，"难道我们真的要都死在这个地方吗？"

琴琴和李莉的心中也产生了同样的疑问，或许神秘人早已算计好了，他们谁都离不开……

"说到那两个孩子，我们怎么也要找地方安置一下吧！"琴琴提议道。

“嗯，我们去处理一下尸体，谁和我去？”林宇问道。

“不如一起吧。我们现在最好不要分开……”琴琴有些胆小，她提议。

于是，五个人一起向王杰的卧室走去。

林宇推开门，明明被放在地上的两具尸体，竟然又不翼而飞了！

“尸体竟然又不见了？”蔡天完全崩溃！

“蔡天，是不是有人在装神弄鬼？”林宇总觉得这个别墅有问题。

“不会的！即使如此，幕后主使如何能够在一个完全密闭的空间，在我们的眼皮子底下，让尸体不翼而飞？”蔡天反问。

林宇两道眉毛挤成一个“川”字，宛如步入一个巨大的迷宫之中。

“除非，根本就不是人！”琴琴说出了自己的想法，“就像黄婆婆说的，它根本不是人！”

“琴琴！你别吓唬我们！”沈晓云害怕地瑟缩在了李莉的身后。

忽然，蔡天有一种不祥的预感。他慌忙冲了出去，跑到客厅外面。窗外一个黑色的人影一闪而逝，仅仅只有一瞬间。

显然，这一切都是神秘人搞的鬼！

“蔡天？”林宇也冲了出去。

“就是那个家伙！”蔡天表情凝重，“就是那个黑衣人！我看到了，即便只是一闪而过的身影！”

“他根本没有进别墅，又是如何下手的呢？”沈晓云大吃一惊，发出疑问。

“他没有进入别墅，尸体怎会被盗走？那家伙盗走尸体又有何用？”琴琴也同样产生了疑问。

这接二连三的问题让林宇迷茫了，事情变得扑朔迷离。最另类的杀人手法，神秘失踪的尸体，连连消失的同伴，作案手法完全相同，毫无头绪可言。

林宇陷入了困境，他回头向蔡天求助：“老蔡，接下来咱们怎么办？”

“等。”蔡天简短的一个字，说出了他的心声，“我们要变被动为主动，引蛇出洞！”

窗外，大雪下个不停。蔡天和林宇并没有因为这个受到打击，蔡天骨子里的性格开始逐渐暴露。

蔡天主动提议：“琴琴，怎么说你都是导游，你研究一下路线，我们不能一直被神秘人牵着鼻子走，必须找出一条出去的路！”

琴琴点点头，拿出地图仔细钻研，反而是林宇泼冷水：“光研究地图有什么用，不如我们出去找，总要比看地图来得真切！”

李莉也同意林宇的想法。沈晓云没有主见，听从大家的安排。

李莉说：“黄婆婆在这里住这么多年，总不能一直都不和外界联系，一定还会有其他的办法。”

蔡天也同意这种说法，让琴琴收了地图。他们轻装上阵，出去勘察路况。

刚一推开门，迎面吹来的暴风雪便刮得人满脸生疼，如同刀子划过一样。他们站定在门口，蔡天指着别墅的后方说道：“往后面走，看看附近还有没有其他住户。”

一行人绕到别墅后头，他们踩在雪地里，露出一个个巨大的雪坑，就连呼出的空气都在瞬间结冰了。众人抬头看着天空中飘着的雪花，往前方走了半个多小时。所有人的身上和帽子上都布满了积雪，体力也渐渐透支了。

再回头，完全见不到别墅的影子，它已经被暴风雪淹没了。

蔡天叹道：“看来前面没有出路了。”

“你怎么知道？”林宇问。

“你看前面的山脉，如果有路的话，山脉不可能变得那么高。相反，只有那些低矮的山脉下才会有路，并且不会让白雪覆盖。”蔡天指着远处的高山道。

“那我们还是先回别墅，再研究吧！”林宇为此也感到了不安，这次又失败了。

蔡天脸上先是轻微闪过一丝惊异，心里暗自想着，若没有电话，黄婆婆又是怎么跟外界联系的呢？

“快！我们回别墅找电话！”蔡天对其他人喊道。

“电话？”

“一定有！不然，黄婆婆如何跟外界联系啊！”林宇也恍然大悟，“或许这是我们一直忽略的一个线索！黄婆婆也够狡猾的，一直都不说！”

他们为能够得到这样的消息而兴奋，都用极快的速度往别墅方向跑。重新回到那棵大树前，蔡天多瞄了一眼，总觉得这树的位置在悄悄地移动着，只是有那么一瞬间他产生了怀疑。

推开别墅大门，林宇第一个注意到放在客厅的鱼缸里的鱼全死了，餐桌上还放着一些他们走的时候没有的东西，其他的并没有什么变化。

林宇上前几步，拿起放在桌子上的照片，心情顿时跌入谷底，嘴里说道：“我们中计了！调虎离山，我们所有人都会挂掉，都逃脱不了神秘人的手……”

蔡天抢过林宇手中的照片，看了一眼，心情也十分沉重。

沈晓云没明白他们俩话语间的意思，追问道：“不是说回来找电话吗？为什么都会完蛋？”

“我们中计了，神秘人来过了，他一定断了我们最后的活路！”蔡天一脸无奈。

此时的他，觉得大家就像被人玩弄的傀儡，四肢和脑袋都被吊了看不见的丝线，生命都由别人操控。桌上放着的照片，那是旅行团所有游客的照片，它们都被画了一个巨大的红叉。死了的人，已经被划掉。

蔡天不肯认输。这一次激起了他心中所有的斗志。他对林宇说：“事到如今，我们只有找到线索，揪出神秘人，争取反败为胜！”

“我们该从哪里下手啊？”琴琴已经被吓坏了，根本就没了主意。

李莉从厨房跑了出来，告诉大家，所有的食物都被神秘人拿走了，他们现在已经断粮了。大家意识到，危险就在身边，甚至下一刻就会发生意外。

那种被人窥视的感觉越来越强烈。蔡天猛然从沙发上站起来，锁紧眉头说道：“我总有一种被人监视的感觉，我们的一举一动都在别人的眼中。如果不找到在幕后的人，我们所有人都要死在这里！”

“难道……”林宇的脑子再次一转，“难道这里有监视器？”

蔡天点着头，这也就是他为什么如此焦躁不安的感觉。他开始分配任务，说道：“我们现在分成两个小组，楼上一组，楼下一组，林宇和我当队长，对别墅开始进行地毯式搜索，不要放过任何一个细节！”

林宇、沈晓云、李莉一队，搜索一楼。蔡天和琴琴一队，搜索楼上客房。

蔡天和琴琴上了楼梯。经过楼梯转角处，蔡天瞄了一眼挂在墙上的油画《最后的晚餐》。此时，他们就是在等待最后的晚餐，所有人都会像耶稣那样被钉在十字架上痛苦而亡……

“我们分开找，一旦有突发事件或新的线索，要立刻通知对方。”蔡天和琴琴说道。

蔡天进入第一间客房，琴琴则往最里面走去。

（5）

二楼的客房和一楼的一样多，却只有三个间房住了人。何天博和胡佳、沈晓云和林宇，还有黄婆婆，而这些没有被人住的房间里究竟放了什么呢？

蔡天的心中产生了狐疑，他扭动着第一间房的把手，却怎么都打不开，看样子是被锁上了。

被锁上的客房，里面藏了什么？尸体？还是黄婆婆的秘密？

蔡天立刻跑到下一间无人的客房，同样也是打不开。

琴琴跑过来说道："只有林宇和胡佳入住过的那两间客房能打开！"

既然其他房间都打不开，那么只有从这两间房开始入手调查。蔡天领路，琴琴跟在身后。打开林宇的卧室门，映入眼帘的墙上已经涂满红色，让人顿时毛骨悚然。

蔡天嗅了嗅空气中的味道，墙上的涂料根本不是油漆，空气里弥漫的是刺鼻的怪味儿！

"蔡天！"琴琴站在胡佳房门前喊道。

果不其然，胡佳的房里也是一片血红！

"这都是神秘人干的？"琴琴转头问蔡天。

蔡天连连摇摇头，表示他也无法判断。他慢慢进入胡佳的房里，用食指沾了点儿墙边的红漆，放到鼻尖闻了闻：“墙上的不是油漆，是血水！刚涂上去不久，味道还特别刺鼻。”

这个人还真是变态，他为什么要这么做？如果是单纯害人，还用费这么多的心思？他的目的究竟是什么？想要做什么？

在这两个卧室，除了红色的墙体之外，并没有发现其他的异样。蔡天正要走出房间，从衣柜旁走过的时候，突然衣柜的门“吱嘎”一声响了。他回头一看，看见柜子里有一团黑色的东西！他放大胆子走过去，闻到一股浓烈的气味！

“谁？”蔡天条件反射似的吼道，他慢慢拉开衣柜门，一个东西突然倒了下来！

“啊——”琴琴被吓得尖叫了出来。

蔡天的猜测果真没错，原来这些被转移的尸体根本就没有被拿出别墅，而是被藏匿在能打开的房间里！

蔡天不顾害怕的琴琴，跑下楼，对楼下的人喊道：“所有人到客厅集合！我有事儿要说！”

蔡天的脚才站定在一楼的客厅，就听见楼上传来琴琴的尖叫声。他的心一寒，顿时觉得不好。

“琴琴！琴琴！回答我！”蔡天撕破喉咙地喊着，楼上却没有半点儿声响。

蔡天不顾林宇他们有没有听到自己的喊声，忙跑上楼去，找遍了胡佳和林宇的房间，只在地板上看到了一只鞋！那只鞋是琴琴的。

神秘人究竟在哪儿？他是怎么下手的？又是怎么在短时间内把人转移走的？还有，他把琴琴弄到哪儿去了？

就在蔡天纠结的时候，林宇也跑了上来，看到拿着那只鞋站在原地发愣的蔡天，问道："怎么了？"

林宇盯着蔡天手中的那只鞋，顿时明白了，他呆愣地问了一句："琴琴？"

"嗯……"蔡天长舒了一口气，"琴琴被神秘人带走了，短短的几分钟，就带走了！"

林宇和蔡天心情都十分沉重，明明就剩下五个人了，现在又少了一个。林宇对蔡天说道："琴琴的事情先放一下，我找到了监控器！"

"在哪儿？"蔡天顿时也提起了精神。

"跟我来！"林宇说着，引蔡天下楼。

来到一楼客厅，林宇抬手指了指那幅油画。蔡天顺着望过去，油画的正中间某人的左眼正闪烁着点点红光。此时，林宇拿起餐桌旁的高背椅子，高高举起，对准油画猛然一砸。只听"砰"的一声巨响，油画被毁了。

蔡天也突然想到了另外一件事，对林宇道："那些不见的尸体都藏在房间里！"

"啊？"沈晓云心中后怕，起了一身鸡皮疙瘩。她没有想到，她竟然和尸体共处一室！

砸了油画之后，蔡天一屁股坐在了沙发上，精神疲惫，整个人都瘫软下去。林宇知道，在这种紧张的氛围内，很难让人的神经放松下来，尤其现在他们两个男人已经成了这四人组合的灵魂支柱。

天逐渐黑了下来，这座充满神秘感的别墅被黑暗笼罩着，没有电，只点了一盏昏暗的油灯。四个人都围在客厅里，不说话。

或许是这些天精神过于疲惫紧张，蔡天很快就进入了梦乡。

不知睡了多久，蔡天的耳边响起了林宇的声音，他细声地说着："蔡天，你好像发烧了！你没事吧？"

蔡天头痛欲裂，脑子混沌得像塞了一颗手榴弹。他强忍着头疼睁开蒙眬的眼睛，另外三个人的脸呈现在他的面前。林宇的脸开始变形扭曲，沈晓云的头发像爆炸了一样，李莉龇着牙活生生像个恶鬼！

眼皮再次沉了下去，蔡天陷入了无穷无尽的黑暗中。

黑暗完全将蔡天吞噬，他看到别墅的房顶上站着一个手握巨斧的黑衣人，他像是在蔡天的耳边咆哮着："你们都要消失，都要消失！"

蔡天惊恐地看着那个人缓缓地从黑暗中走出来，月光照亮了他的脸。蔡天看到了，他看到那并不是一张陌生人的脸，而是十分熟悉的人——王杰！

王杰像猎手一样，手里握着白色巨斧，发出的声音干涩暗哑，瞪着凶狠的眼，咧嘴笑着，嘴角流出殷红色的血迹……

他小心翼翼地将斧头移到自己的嘴角，对着躺在沙发里的蔡天冷冷地说："蔡天，所有人都要当我的陪葬品！所有人！"

"啊——"蔡天陡然从沙发上猛然坐起，睁开眼睛的一瞬，他才发现，没有王杰，没有斧头，只是一场梦。

蔡天急促地喘着气，一张熟悉的脸庞闯入他的视线。

"蔡天，你没事吧？"林宇忙问道。

"没事……"蔡天喘着粗气，揉着生疼的头，"我怎么了？"

"你发烧了！"林宇扶着蔡天，让他重新躺在沙发上，"从楼上下来，你就昏倒了，可能是这些天太累了！"

原来是发高烧产生的幻境，蔡天松了一口气，一切都是假的。

李莉手里拿着水晶球和塔罗牌走过来，慢慢地说道："蔡天，刚才我帮你占卜了，以后你要注意，你梦里的人会来找你的！"

"梦里的人？"蔡天突然想到了王杰那张恐怖的脸，"你真的会占卜？你学过？"

"算是吧，学过一些。这并不是普通的占卜术，它还能预知生死！"李莉把玩着手中的水晶球，眯缝着眼睛笑着说。

"预知生死？好啊，你替我卜一个。"沈晓云听了很感兴趣，也凑了过来。

"你坐下，右手伸出，在这一堆塔罗牌里随便选一张。"

沈晓云看着李莉将那一堆黑色的塔罗牌摊开放在茶几上，塔罗牌的背部是同一种六芒星图阵。她坐下来，随意抽出一张，放到李莉的手里。

李莉低下头，将沈晓云抽到的那张牌翻开，那是一张由一个骷髅死神握着镰刀的牌。

“死神。”李莉低声说道。

沈晓云眉头紧皱，问道：“你是故意捉弄我的吧？”

“没有，我没有！”李莉马上否认，“学习占星术的人都知道，抽中的牌即命运，并不是我能左右的！而且我也不能向你泄露太多，不然会招来杀身之祸。而且我还听说，日本占星师教父小林随风预言，在九星连珠的时候，只要将九重图阵画在九具尸体的背后，就能改变未来或过去发生的事情！”

“你对九重图阵和九星连珠也有研究？”蔡天疑惑地问。

“赵凡也跟我说过，都是骗大学生的玩意儿！”沈晓云也说道。

大家聊着聊着，不知不觉饿了。林宇提议先吃饭，然后再研究九星连珠和九重图阵。冰箱里的东西已经被神秘人全部掏空，林宇只好把自己带来的方便面贡献出来。

简单吃了点儿晚饭，两个女人昏昏欲睡，再没有任何心思探讨下去。

只有蔡天，他的耳边不断地回荡着黄婆婆干瘪沙哑的声音：“你们都会死，所有人都会死。”蔡天精神濒临崩溃，黄婆婆的声音一直萦绕耳边，始终挥之不去。

第五章　危险无处不在

（1）

深夜，两个女人已经进入了甜蜜的梦乡，蔡天和林宇守夜。

两个人吸着烟，烟头在黑暗中一闪一闪的，像黑暗中的野兽的眼睛，远远看去，令人心生畏惧。

林宇目光柔和地看着沈晓云，心里不知是什么滋味儿。赵凡死了，对他来说是件好事，可为什么一直惶惶不安呢？

蔡天轻咳了两声，对林宇说道："林宇，我们这次出来旅行，还真是灾难重重呢！也不知道什么时候才能回去……"

林宇嘴角微微一笑，人始终是要一死，如果能和自己心爱的人死在一起也是幸福的。过了几秒钟，林宇对蔡天回应道："会好起来的，一切都会的。有你，有我，我们坚守到最后！"

蔡天点点头，看向了黑夜的深处，一片黑暗，毫无光亮，未来究竟在何处？

两个人陷入了沉默，各有各的想法。

林宇的思绪回到了来艾里克湖之前的晚上，他破解了沈晓云的邮箱，给赵凡发了一封邮件。他在邮箱里明明留的是艾里克湖，为什么他会找到别墅？难道，他和林宇走的路线一致，还是有别的人在操控？

赵凡死了，死在林宇动手之前。他在给赵凡发出邮件的时候，就已经设想好了，他要亲手了结了这个男人的性命，却不料被另外一个人捷足先登！难道这个神秘人能够窥视到人的内心？

想到胡佳和何天博的死，难道这不是另外一种预兆吗？或许，下一个就是自己？

林宇靠在沙发上，回忆着一年前和蔡天一同出游时遇到的老酋长说的那番话，恐怕林宇这辈子都不会忘记。

“不要轻易触动九星连珠，否则非但不能改命，还会惹来杀身之祸！”

林宇亲吻了一下躺在沙发上的沈晓云，轻轻亲吻着她的额头。在这种关键时刻，林宇做出一个抉择，做一个让他们四个人都可以顺利离开这里的抉择。

“晓云，对不起，你一定要原谅我！”林宇在沈晓云的耳边轻声呢喃着。沈晓云向林宇的方向凑了凑，继续酣睡。

夜色，黑得浓重，像被人铺了一块巨型的幕布，完全没有一丝光亮。这样的黑夜，是最容易杀人放火的。林宇站在神秘人的角度，思考问题。

黑暗中有一个影子走来，手中带着一抹耀眼的光，在暗夜里看来，是那般刺眼！

“神秘人！”林宇推了推蔡天，惊恐地低声喊道。

“来了？”蔡天站了起来，“兄弟，那个人手里有武器，注意安全！”

林宇点亮桌上的煤油灯，跑到厨房拿了一根铁棍，跑出门去。

“你们都会成为神的祭品！”神秘人的声音在林宇的耳边炸开。

“你少装神弄鬼，这世界上根本就没有九星连珠！”林宇吼道，“告诉我，你的目的究竟是什么？”

站在林宇面前的神秘人，穿着一件宽厚的黑衣，戴着一顶圆圆的帽子，遮挡得严严实实的，只露出一双阴冷的眼睛在审视着别墅里的一切。

“你也听说过九星连珠？”神秘人并不是在反问林宇，他只是在陈述，“知道也好，我将用你们的血来祭奠神灵！”说着，他发出一声冷哼，右手举起巨斧，朝林宇劈来。

“啊——”林宇手臂发麻，左手的铁棍被震飞，整个人倒在雪地里，一脸惊慌之色。他站起身子，撒腿就往别墅里跑。

蔡天见状，赶快接应林宇，让林宇跑进来后，顺手把门锁死。

“看清楚了吗？”不等林宇喘口气，蔡天忙追问道。

“体形较瘦的成年男子，就是他！”林宇咬咬牙道，“是王杰！”

“怎么可能？”蔡天还是面带疑惑，“他不是死了吗？在两个孩子面前死的，难道两个孩子还能撒谎？”

“你看到他死了吗？你见到他的尸体了吗？在大树上取下的尸体根本就不是他！王杰利用他两个女儿假传消息给我们，就是为了误导我们的视线！”林宇分析道，“挂在树上的那个尸体，说不定就是他伪造出来的，那个人只是一个傀儡而已！”

“好，就算你这样说得通。”蔡天顿了一下，“那他又是怎么让尸体消失的？”

林宇嘴角微微抽动，像蔡天心思如此缜密的人都没有发现吗？他指了指墙上的挂钟，在黑暗里，钟表正中央正闪烁着淡红色的光。

蔡天十分吃惊，他以为监控设备已经被他们破坏了，没想到还有！

“没想到吧？”林宇笑着说，“我们生活在神秘人的眼皮子下面，所有举动都会在他监控中！整个房子都布满了密密麻麻的监控，想要藏起尸体太简单了！当我们从有尸体的房间离开，到另外一个房间，他自然有机会把尸体转移走！”

蔡天顿时大悟，怪不得这个别墅让他总有一种被窥视的感觉，感觉原来有时候是真的！

“我们应当趁着黑夜，把针孔摄像头都找出来。只有这样，我们才能反败为胜！”林宇对蔡天说着，然后动手推醒了熟睡的沈晓云。

“你干吗？”沈晓云睁开蒙胧的睡眼，不耐烦地吼道，“不让人休息了吗？”

“现在不是休息的时候！”林宇解释道，“神秘人刚刚来过，又走了。我发现这个房子里到处都有针孔摄像头，我们必须把它们都找出来！”

“神秘人来过？”李莉十分吃惊，“那你看清了吗？他究竟是谁？”

“从体型和身高初步判断是王杰！”林宇解释道。

“两个小女孩儿不是亲眼看见王杰被害了吗？挂在树上的尸体，难道不是王杰的吗？”沈晓云有些不解地问道。

“哼，那仅仅是王杰设置的一场戏？而且，仅由挂在树上的尸体，根本无法判断究竟是谁！”林宇想到这里就很气愤，原来自己就是神秘人玩弄的一个玩具罢了！

“好了，大家都别有任何疑惑了，现在的任务是找摄像头！”林宇说完，就蹲下身子，开始找寻针孔摄像头的藏身之地。

余下几人纷纷拿上蜡烛，在别墅的客厅里四下搜寻。

林宇蹲下身子，往茶几底部摸去。没过多久，他手里多了一个微型摄像。蔡天把挂在墙上的吊钟拆下来，恶狠狠地砸碎，取出其中的摄像头。

沈晓云和李莉也有不少收获，分别在旋转楼梯的下方、厨房的门上、黄天美的遗像上都找到了。

“八个！”林宇感叹，“这个神秘人还真是够恐怖的，竟然放了这么多！”

蔡天构思了一场空城计，要林宇配合他演一场好戏，引出幕后的神秘人，然后再一举将神秘人擒下！他越想心中越激动，如果能把这次的经历写成一本小说，定会成为畅销书！

蔡天把自己的计划和大家分享，只有林宇点头承认他的计划，沈晓云和李莉都觉得不可行。蔡天鼓动着她们两个人，说道：“李莉，你看过我的小说，应当能从文字上看出我的性格。相信我，我的计划一定会让大家摆脱现在的困境。”

沈晓云和李莉本就是女人，就算是怀疑也没有任何说服力，只能听从他们俩的安排……

（2）

四个人在寻找针孔摄像头的时候，在一个昏暗的房间里，电脑的显示器亮着，显示前站着两个人，他们盯着屏幕里惶惶不安的人，放肆地大笑着。

一个人偶尔用对讲机说着什么，一个人只是静静地看着。

距离天亮还有半小时，别墅里的人一夜都没有休息，一直处于精神紧绷的状态。

窗外的雪越下越大，别墅里的温度也骤然降低了不少，这让只剩下四个人的旅行团队更加心灰意懒。

林宇盯着桌子上即将燃尽的蜡烛，心再次沉了下去。他站起身来，走到窗子旁，想到了和神秘人对峙时的模样。神秘人的声音一直在他的耳边萦绕："你们都会成为神的祭品！"

林宇完全沉沦下去了，他知道这一切都是被安排好的，这是自己的命。他想到了之前和群主之间的聊天儿。

那是一个关于占星师的群，突然有一天在群里出现了一张图，那张图就是林宇和蔡天在老酋长家里看到的——九重图阵！

当时，林宇被吓坏了，这种私密的东西怎么会被放在这个群里呢？他主动和群主——一个叫美丽的人聊了起来。美丽和林宇说了很多关于图阵的传说，其中包含的诡异太多，让林宇应接不暇。

美丽对林宇说："切记，不要把我告诉你的事情泄露出去，否则会惹上杀身之祸！"

林宇追问为什么，美丽却已经把他从群里踢了出去。两个人从此断了联系。

林宇叹了一口气，蔡天在他身后问道："你想什么呢？"

"想……"林宇顿了一下，不打算把美丽的事情说出去，于是撒谎道，"想我们能不能活着离开的问题。"

"阎王要你三更死，岂能留你到五更！"蔡天这算是开玩笑，还是认真，让林宇鸡皮疙瘩都起来了。

林宇感叹，蔡天说得没错，一切都是命。

两个人顿时安静了下来，客厅里重陷死寂。

一阵窸窸窣窣的声音传来，稚嫩的声音在蔡天的耳边响起：“嘻嘻……叔叔，来陪雅婷躲猫猫好吗？”

蔡天猛然回头，身后并没有任何人。他双目浑圆，呼吸急促。

“雅婷？”蔡天对着空气问道。

“来陪我玩啊！来陪我玩吧！”稚嫩的声音重新在蔡天的耳边响起，令人毛骨悚然。

“你！你是人，还是鬼？”蔡天惊恐地喊道，“林宇，林宇，你听到了吗？”

林宇也听到了，真真切切地听到了。这个声音就在房间里，好像就在身边！

“嘻嘻……叔叔，你怕了吗？”说完这句话，声音就消失了。

“林宇，难道我们撞邪了？”蔡天对自己的认知产生了怀疑，“这个别墅里难道真的有脏东西？”

“你镇定一些！”林宇安抚了一下蔡天的情绪，仔细想了想事情的来龙去脉。

林宇在客厅里踱来踱去，最终他才明白了这个道理。这些天发生的事情，似乎都是有迹可循的，这一切并不是偶然，都是被某个特定的人安排好的！

“蔡天，你有没有想过，我们来到这里是被安排好的，并不是无迹可寻的，我们是被选定的人选。而那个神秘人就是选择我们的人，他说过要把我们的生命献给神灵，让我们成为祭品！”林宇一字一顿地说道，“所以，我们更要团结起来，找出这个安排我们命运的人！我的生命不应当由别人主宰。”

“嗯！你说得对！”蔡天也同意林宇的说法，“那我们就按照原计划实行！”

“好！”林宇也点了点头，表示同意，“更何况，我觉得刚才我们听到的声音，只是一种科技手段，在这个科技发达的世界里并不罕见。他们的技术也不过如此拙劣罢了。”

这一点蔡天赞同，如果技术高超，就不会让人轻而易举地识破。

客厅里的他们，并没有发现，在别墅一楼的客房里正悄然地发生着变化……

（3）

天逐渐亮了，第一道曙光轻柔地洒落到窗台上，暖光让人感到舒服。

沈晓云蜷缩着身体，睁开眼睛，映入眼帘的就是林宇的那张脸。他憔悴了，眼窝深陷，胡茬儿冒了出来，一夜没有合眼的样子令人心疼。她当初真是被金钱蒙蔽了双眼，面前这么爱她的男人，怎么说放手就放手了？

现在，林宇是她唯一的救命稻草。

沈晓云伸出双臂，揽住了林宇的脖颈，把自己柔嫩的唇凑了上去。这是许久以来，沈晓云第一次主动，林宇当然会珍惜。他不顾一切地回应着，一只手试探性地轻抚着她柔顺的发丝，另一只手不安分地摸着她的后背……

瞬间，沈晓云的情欲被林宇撩拨起来，只可惜，客厅里不太方便，毕竟还有另外两个人。

林宇一把抱起沈晓云，直奔一楼的客房。

林宇随意推开一间房门，把沈晓云平放在床上，林宇压在沈晓云的身体上。

就在两个人正缠绵的时候，沈晓云微微睁开眼睛，被面前的一切吓了一跳。她猛然推开林宇，尖叫着："啊！"

林宇也睁开眼睛，随着晓云的目光望去，看到这间屋子已经被涂成了血红色！

"这……这究竟是怎么回事！"林宇就像被人当头一棒，"难道有人趁我们睡觉时进来了？"他明明记得，昨天搜查房间的时候，这间屋子并没有被涂满血红色，一夜之间就变了样子！

还没有进入主题，林宇就败下阵来，这么恐怖的地方他当然没有心情继续下去，他只能安慰沈晓云。沈晓云娇羞着脸，一言不发地跟在林宇的身后。

当他们俩重新回到客厅的时候，蔡天和李莉都醒了，两个人坐在沙发上表情凝重。

蔡天盯着林宇的脸，一本正经地说：“李莉的占卜很可信，晓云，你要小心了！”

沈晓云的心再次提起来。林宇打断他的话，说道：“蔡天，你别吓唬晓云，她刚刚被田丽的房间吓得魂不守舍！”

“怎么了？”蔡天问道。

“昨天我检查房间的时候，一楼的房间并没有被涂上血红色，可刚刚我俩在……咳咳，发现田丽的房间也被涂成了血红色！”林宇感到有些尴尬，把夫妻俩的事儿放到台面上来说，还是觉得有些不好意思。

这并没有令蔡天感到惊讶。然而林宇并没有停下来，继续说道：“所以，我结合咱俩听到的雅婷的声音，再结合房间里的状况，我觉得咱们依然没有解决根本问题！”

大家面面相觑，不知所措。

李莉打破了大家的沉静，说道：“会不会我们睡着了，有人进来了？”

这让林宇和蔡天感到毛骨悚然，睡觉的时候有人偷偷潜了进来，刷了墙他们还不知道，那他们该有多大意啊！

林宇摸着下巴，来到窗前，分析道：“我想了一下昨天晚上发生的事情，我觉得雅婷不可能真的来了别墅，即便她没有死。试想一下，如果用一只带有遥控的录音笔，或者什么设备的话，很容易就会造成我们的恐慌。更何况，这不就是神秘人要的效果吗？”

林宇的设想和蔡天的不谋而合。他也说道：“没错，如果这样想，说不定这个神秘人还在监视我们，只是我们没有找到正确的方式！”

两个人都统一了想法，两个女人对视了一眼，没有发表任何意见。

沈晓云依然惊魂不定；李莉手里摸着塔罗牌，也心有余悸。尽管她们嘴上说不相信鬼神，可听到王雅婷的声音出现在别墅里，两个人还是觉得恐怖。

蔡天提议道：“走，我们去田丽的房间看看，说不定还会有什么发现！”

说着，他起身就向田丽的房间走去，其他人也跟在身后。

（4）

推开田丽的房门，卧室果然已经被用血刷洗了一遍，令人眼睛生疼、呼吸不畅。

蔡天没有进入房间，而是走到另外一间客房，也推开了门，里面和田丽的房间一模一样！一楼被人住过的客房都被“漆”成了红色，无一遗漏。

客房的颜色和蔡天发高烧时所梦见的情形十分相似，除了自己，没有人能够相信，世界上竟然会有如此诡异的事情。

蔡天总觉得这里面有什么，他拉着林宇重新回到了二楼，想看看二楼有没有什么变化。

二楼的房间依旧是红色的墙体，两个房间都是一样的，充满了诡异的气氛。蔡天站在胡佳的房间里，深吸了一口气，顿时觉得头晕目眩。

蔡天作为一个悬疑作者，有着很高的职业素养和敏锐感。在他头晕目眩的那一刻，他赶快退出了房间，扶住林宇。

卧室里弥漫着一股怪味儿，这种味道令他失控，促使他心跳加快、呼吸困难！好在林宇并没有进入房间。

在林宇的搀扶下，两人重新回到了一楼客厅。

下楼后，蔡天感觉好多了，呼吸畅快了，头也不晕了。他抬起头看着二楼的方向，十分清楚，那些涂抹在墙上的红色物质有毒，一旦吸入过量，就会造成昏厥，甚至中毒身亡。

林宇并没有把在楼上发生的意外对沈晓云和李莉说，怕这两个女人感到害怕。

沈晓云也没有看出蔡天的不适，直接对林宇说：“林宇，我饿了。”

昨晚吃得本来就不多，又经过一夜的煎熬，其实大家早都饿了，只是都忍着没说。林宇的包里还有一些食物，可如果不节约，恐怕他们会饿死在这个地方！

“忍忍吧，东西太少，坚持不了多久！”他说出了实情。

少量的食物，没有电的别墅，不知能支撑多久的蜡烛和油灯，这些都是他们面临的困境。通往外界的木吊桥被摧毁，他们无法原路返回，对地形稍微了解的琴琴又失踪了，生死不明……

蔡天安慰着大家：“放心，天无绝人之路！我们会想到办法的。”

在暴风雪模式下，完全与外界隔离，这让蔡天想起了阿加莎的一部享誉全世界的经典推理之作——《无人生还》。

沈晓云沉默寡言，将所有的心事都埋藏了起来。她后悔来参加这次旅行，可世上没有后悔药。赵凡的到来，林宇的不承认，让沈晓云有了一层又一层的戒备心。

别墅里弥漫着刺鼻的味道，恐怖气息再次袭来，别墅已经成了一个惊悚的世界……

是否有人能成功破坏别墅的法则逃出生还？

沈晓云想起李莉给她占卜的那张骷髅神塔罗牌，她下意识地抬起头，恰好与李莉的眼神相对。李莉带着诡异的笑容盯着沈晓云，让沈晓云开始发抖。

沈晓云陷入沉思中，一行人中，死的死、亡的亡，最后剩下的几个人中，她最不相信的就是李莉。

这个对塔罗牌、水晶球、九星连珠及九重图阵十分了解的女生充满了神秘感，让人捉摸不透。而这个女人，恰恰让沈晓云产生了无限的恐惧。对神秘人的猜测，已经让所有人陷入死胡同，每个人都有自己不同的想法，而沈晓云把所有的疑点都指向了李莉。

作为一个精通占卜之术的人，显然很会弄虚作假。李莉成为神秘人的嫌疑也最大！沈晓云一直注视着李莉，仿佛要看透李莉的内心世界。只可惜一个城府不够深的人，又怎么能够看透李莉的心思呢？

（5）

别墅里危机四伏，窗外飘着雪花，雪花就像迷失的小精灵肆意乱撞。

沈晓云收起自己的小心思，不敢对其他人说，连对林宇都没有说过一个字。她打算把这个秘密埋藏在心里，只要对李莉提防着，就可以做到万无一失。

沈晓云坐在沙发上，心中暗想，或许来享受免费的旅行就是一个错误，这次必定有来无回！

蔡天也坐在客厅的沙发上不说话，望着窗外的雪景，大脑却没有闲着。他的脑海里不断地浮现神秘人的样子，还有昨天晚上雅婷的声音。这一切都刺激着他的神经。

林宇坐在蔡天身边，问道：“刚才房间里的味道是什么？”

“是毒药吧！”蔡天说，“如果再多待一会儿，恐怕你就要为我收尸了！”

蔡天的话才刚刚落地，李莉接着说：“该来的总会来的！”

“你什么意思？”沈晓云倒吸了一口凉气，她说的话总是那么奇怪。

“我的意思是，神秘人快来了！”李莉盯着窗外，眼神深邃，“说不定我们其中还会有人死，是你，是你，还是你？”李莉指了指他们三个，却并没有指自己，她包含的意思太多了。

沈晓云被李莉的话给吓哭了，林宇把她搂在了怀里，安慰道：“晓云，你放心，任何时候我都会在你身边！”

沈晓云紧紧地靠在林宇的身边，或许只有这样才能感受到自己是活着的，才能感受到林宇对她炽热的爱。她靠在林宇怀里，紧紧搂着他的脖子。同时，她的内心激起阵阵涟漪，她温柔地说：“林宇，以前是我不好，以后我们好好在一起吧，我再也不做白日梦了。”

“嗯，永远不分开！”林宇说这话时目光坚定，他还想表达，永不分开的另外一层含义，是生死不离分。

“只可惜，这个房间里没有电话，不然我们报了警，就会有人来救我们了！”李莉有些哀伤地说，“你们说，没有电话，黄婆婆是怎么和外界联系的呢？”

大家都面面相觑，不知所措。

蔡天打了一个响指，说道：“我们能想到的，恐怕神秘人也都想到了。即便别墅有电话，恐怕也早都被神秘人藏起来了，或者被掐断了吧。他怎么可能让我们如此轻易地找到呢？所以，我们还是想想怎么走出去比较靠谱，比找电话来得实际！”

林宇明知道蔡天的说法没错，可他依然幻想或许神秘人能给他们留有一线生机。林宇拉着沈晓云的手，打算去黄婆婆的房间再仔细找找，说不定会有意外收获。

两人离开后，待在客厅里的蔡天和李莉，对视一眼，笑了。

李莉坐在沙发上，仰头看着蔡天，说道：“蔡天，你害怕了？”

蔡天点了点头。不过，他很快就调整好自己的心态，对李莉说：“难道你就不怕吗？能活到最后，恐怕你也不是个简单的人物！”

李莉抿了抿嘴，并没有反驳蔡天的这句话。对此，她另有想法。

“这并不是你考虑的问题。你现在要考虑的，是怎么才能阻止九重图阵被开启！”李莉站起来和蔡天对视，“告诉你，这个图阵一旦被开启，将有不可预估的灾难！这可不是你我能够阻止的！”

蔡天被李莉的话吓唬住了，不再说话。

林宇和沈晓云什么都没有发现，更不要说电话之类的。

这一次，他们陷入了前所未有的困境，食物逐渐减少，体力不支。如果再这样耗下去，就算神秘人不动手，他们也会被饿死在这里。

沈晓云瑟缩在林宇的怀中，饥饿感和疲倦袭来，她有些支撑不住自己的身体，缓缓地闭上了眼睛。

四个人就这样，沉默地度过了一天。

大家对九重图阵和九星连珠十分忌惮。即便林宇一直不信，但是他隐约感受到这背后的巨大力量，只是不愿承认罢了。

黑夜临近，他们为了安全起见，关紧了门窗，用沙发挡住了大门，然后靠在沙发上……

第六章　机关启动

（1）

夜深人静，在别墅的某一处隐藏着的几个人，正盯着剩余的四个人进入沉沉的梦乡。在电脑前的那个人，正用电话通话。他对电话里的人说："老板，一切按原计划进行。"

"好，你们好好干！"说完，电话就被挂断了。

打电话的人嘴角露出不经意的笑容，诡异且恐怖。他按动手中的一个启动器，别墅里又悄然变化起来。客房里的衣柜、床都按照指定的方向移动，就好像它们是被设定好的机器人，在控制人的手中变着魔术……

蔡天眯缝着眼睛，看到沈晓云靠在林宇的怀中，林宇瞪着眼睛看着窗外，表情木讷。蔡天靠在沙发上假装睡觉，脑子里一直在思考问题。

这样漫无目的的日子什么时候才能结束，什么时候才能回天涯市？原来那种惬意的生活，对此时的蔡天来说，都是奢侈品。

他不敢再继续想下去，唯恐接下来要面临的事情让他更加崩溃。

夜色暗沉，不安的情绪渐渐出现在众人的心里，最后长成一棵参天大树，通过咽喉伸出体外，等待一种洗礼。

“要来了，最终还是来了！我们触犯了巫蛊神！”李莉突然从沙发上跳了起来，双瞳急速扩张，浑身打起了寒战，宛如看见极其恐怖的事情，她缓缓举起右手，忽然低下头去，发出让人听后起鸡皮疙瘩的阴冷之声，“都会死！你们所有人都会死！”

其他人见状，均不明白怎么回事。李莉怎么了？顷刻后，李莉忽然倒地，口吐白沫，浑身抽搐。

沈晓云被李莉的惊呼声吓醒，看到她躺在了地上，忙走过去问道：“李莉？李莉？你怎么了？”

李莉睁开眼睛，对于刚才发生的事情似乎全然不知，惊恐地问道：“我怎么了？”

三个人盯着李莉，像看动物一样。这么长时间，他们从来不知道李莉有这种病！可沈晓云又觉得，李莉并没有得病，说不定就是装的！

他们见李莉从地上站了起来，并没有什么不妥，便没再追问。两个男人把沙发让了出来，让李莉躺在上面休息。沈晓云则和他们俩坐在桌子旁的椅子上。

肚子饿得咕咕直叫，沈晓云已经快坚持不下去了。她盯着失踪的人的行李，悄悄地问林宇："我们能不能翻翻他们的行李啊，说不定可以找到一些吃的，我实在坚持不住了！"

蔡天和林宇对视了一下，对沈晓云的提议并没有任何异议。

沈晓云拿着煤油灯，走到堆放行李的地方，第一个打开的包是领队琴琴的。女孩子的包里总会有一些小零食吧！这是沈晓云自认为正确的寻找方式。

让沈晓云诧异的是，在琴琴的包里不但没有吃的，连一块糖都找不到！只有一些衣服，还有一本日记。她十分好奇，琴琴竟然还有写日记的习惯。她翻开日记本，津津有味地看了起来。

"我得知了一个秘密，这个秘密或许会让我一下子暴富，只可惜不知道等这次任务结束之后，有没有命来享受这一切。这次去往艾里克湖的旅游计划，根本就没有什么中奖名单，那只是我们老板的一个阴谋罢了！"

沈晓云顿时惊了，她把日记本拿到桌子上，对他们俩说道："你们看，这是琴琴的日记。原来，我们这次的旅游计划真的是一场阴谋！林宇、蔡天，咱们都上当了！"

"什么？"林宇也十分惊讶，拿过日记本接着往下看。

"老板对我说，他收到一个神秘人打来的巨款，附带了一个名单，要求旅行社带他们去艾里克湖旅游，让名单上所有的人都免费参与进来。老板为了赚钱，把这个任务交给了我，还说这次成功后，会给我一大笔奖金！”

“原来如此！”蔡天也惊讶，“真没想到，这一切都是被精心安排的，我们也是被神秘人选中的人选。如此说来，我们真的无法逃脱了？”

“你别吵，让我看下去！”林宇对蔡天说道。

“我们遇到了雪崩，偏离了原来设定的路线，而我们进入的这个别墅也是计划里从来都没有提过的。不知道这次的旅行会不会顺利。如果旅行没有顺利完成，我的奖金是不是就没了？”

这是琴琴在进入别墅之后写下来的一段话，看来她把所有的目光都集中在了这笔奖金上，可见老板给了她很大的诱惑。只可惜，现在她已经无福享受了。

沈晓云抢过日记本，读着：“我们偏离了原本的路线。老板说在去往艾里克湖的路上会有一个接头人，他应当是一个上了年纪的人。可我们已经来到了别墅，这个人究竟在哪儿？我怎么才能找到他？如果不是为了那笔奖金，我真的不应该单独过来参加这次活动！”

“接头人？上了年纪的？”蔡天一直重复着沈晓云读的那段话，“偏离了原来的路线，找不到接头人，不知是男是女，可为什么神秘人还能找到我们呢？”

这是一个很严重的问题！难道，从一开始，神秘人的计划就是让他们来到这个荒无人烟的别墅吗？怎么可能有这样的巧合呢？

林宇对此有自己的见解，他说：“并不是完全没有这种可能！你想想，我们一直都是被琴琴带路，她手中的地图就一定是真的吗？如果接头人也是按照这份地图找来的，那么一定会相遇，只是我们不记得他出现在什么地方罢了！”

如此说来，一切都对上了！

说不定，在他们来到这里之前，接头人已经到了，他悄悄地安排好了这一切，只等这些“猎物”入仓……

（2）

黑夜中，李莉睡着了，其他三个人聚集在桌子旁，咒骂着旅行社老板，竟然把人当成交易的筹码！可毫无用处，他们都是被待宰的羔羊，等待猎手的到来。

林宇对他们说道：“我觉得，神秘人是相信‘九星连珠，印落九具尸；时光之门开，逆天改命时’这个传说的，不然他也不会费尽心思把我们都聚集到此！只是，神秘人是怎么选出这个名单的，我们无从知晓。”

在琴琴的日记里，也并没有提到相关问题，她把所有的矛头都指向旅行社老板和站在老板背后的神秘人，好像与自己没有任何关系。

“九重图阵，九星连珠？”李莉在沙发上被他们吵醒，也加入他们的讨论中，“我听说过，集齐九具尸体，在他们的背上画上九重图阵，就可以逆天改命……”

沈晓云锁紧眉头，喃喃地说道：“我好像在一个QQ群里听过这种说法，不过不太记得了……”

林宇和蔡天顿时恍然大悟。从表面上来看，旅行团的十一个人并没有什么联系，可在某种程度上又有着联系，这就是为什么神秘人要把他们聚集在一起的原因了！

十一个人，只需要九具尸体，那么最后还会有两个人生还！

四个人的眼中顿时放着光，他们四个人，最后究竟有谁能活着走出去呢？

沈晓云紧紧地抓住林宇的手，低声说道：“我们会出去的，我们不会死！”

林宇也紧紧地握着沈晓云的手，给她力量，他也希望可以顺利地从这里走出去。可是，真的会这么容易吗？

别墅的门窗紧紧地关闭着，空气里流动着一股怪味儿，有点儿香，又有点儿臭。蔡天努力嗅了嗅，心中暗叫不好，他嗅到了跟客房里一样的味道！

致命的迷雾，吸入过量必定暴毙而亡！

蔡天赶忙跑到窗前，打开窗子，让凛冽的寒风夹着冰雪一同冲入别墅，冲淡古怪的味道。在寒风的吹袭下，空气里的气味有所减少，仔细闻，还是有一些残留于空气中。

沈晓云的心里忐忑不安，死亡的气息萦绕在四周。她转过脸，看见林宇的眉头拧成一团：“你知道是怎么回事吗？”

“这栋别墅里有机关！”林宇的话让蔡天、李莉不解。他们也完全误解了他的话，脸上都浮现出复杂的神情。

沈晓云的脑子昏昏沉沉的，眼前竟然看到了王雅婷和王雅丽，她们穿着白色的裙子、红色的小皮靴，俏皮地站在那里喊沈晓云，让她陪她们玩。沈晓云的耳边响彻两个孩子银铃般的笑声。突然她们眼神空洞地盯着她，嘴角突然流出了血……

“啊——救我救我！”沈晓云抓着自己的头发乱扯，“双胞胎来找我了，她们来索命了！救我！”

林宇一把抱住了沈晓云，把她紧紧地搂在怀中，让她来到窗前呼吸新鲜的空气。

“别害怕，那只是空气中的致幻剂，让你产生了幻觉而已！一切都是假的，假的！”林宇安慰着。

“不！是真的，我的感觉很真切！”沈晓云挣扎着，“她们对我笑，让我去陪她们，我逃不掉了！”

“乖，你别这样！”林宇心疼地安慰着，“一切都只是幻觉，幻觉啊！”

沈晓云在林宇的安慰下逐渐安静了下来，可她的脑子里依然觉得刚才的感觉是真实的，像指尖可以触碰到的真实。

这时二楼突然一声巨响，引起了四个人的注意。

林宇松开沈晓云的手，对李莉和蔡天说道：“不要慌，你们都留在这里，我跟蔡天上去看看！”

沈晓云缓缓地走到李莉的身旁，即便她对这个女人充满了怀疑，但在这种时候还是两个人在一起比较安全。

一个影子从二楼楼梯处一闪，就不见了。

“啊——”沈晓云尖叫着，“你看见了吗？”

李莉也低声说道：“没错！是他，他来了！”

“放屁，我倒要看看是什么人物！”林宇抬起头，向楼上看去。

神秘人的目光如冰锥冷箭，投射到林宇瞳孔，让他心中猛然一寒。

林宇大声叫道：“别在那儿装神弄鬼，有本事把你的面具脱了，让我们看看你是不是有三头六臂！我们又没有得罪你，为何要布局陷害我们！”

“你们都是我选定的祭品，我会一个接一个地把你们献给最崇高的神，开启九重图阵的力量！”神秘人转身消失在二楼。

“追！”蔡天立马冲向二楼，林宇紧追其后。

这是大家第一次共同见到神秘人，自然想生擒，为了彻底解除危机！

当他们来到二楼，发现一间客房内有破掉的窗户玻璃碎片。寒风把窗帘吹得左右摇摆。黑衣人跳窗从二楼逃跑了。

（3）

“就这么让他跑了！”林宇狠狠地砸着墙，心中都是不满。

“跑了。”蔡天也十分恼火，“这个家伙是怎么进来的？”

蔡天的话如一个惊雷炸响在林宇的耳边，连同他身后的两个女人都惊呆了。在蔡天问出这句话之前，他们都没有想过这个问题。

难道神秘人有翅膀吗？他怎么凭空出现在这个房间里的？要不然，就是他一直都在，根本就没有离开过！

蔡天收回目光，看着面前的三个人，缓缓说道：“刚才你们俩在楼下说话的时候，二楼发出了声音，我立刻赶了上来。可当我上来时，那个家伙已经敲破窗子逃跑了，身手真是敏捷啊！这家伙，有点儿意思！”

蔡天竟然如此评价刚刚跑掉的神秘人，他对这个人越来越感兴趣了！

“我们都逃不掉的，都逃不掉的！”李莉如是说，“我们都被他控制了，没有任何选择的余地。”

“你闭嘴！”林宇已经听够了她说出的丧气话，每当这个时候，她总是不合时宜地说些有的没的，让沈晓云感到害怕，“以后不许再说这种话，我一定会把晓云带出去！”

就在他们发生争吵的时候，一楼的窗外站着一个穿黑风衣的人，头上戴着一顶帽子，脸被遮住了，只留下一双眼睛在外面，手里闪闪发光的巨斧在黑夜里显得那么突兀。他挥动手中的斧子，用力地砸在玻璃上。只听到“哗啦”一声，玻璃碎了一地！

“谁？”蔡天听到了声音，迅速向楼下跑去，“是谁？”

他们三个也跟随了下来，直到看到那个影子在一楼的窗子外一闪而过，消失在了黑夜中。他留下了一句话：“这是第一份礼物，稍后有惊喜！”

“惊喜？恐怕只有惊吓！”李莉又继续补刀，让林宇和蔡天频频翻白眼。

“恐怕九重图阵的尸体快收集全了，九星连珠的日子也快到了，神秘人这是准备动手了吗？”蔡天自顾自地说着，“神秘人接下来要做什么？”

这也正是林宇想要知道的问题，却完全没有任何方向。

把客厅里被砸碎的玻璃收拾好，体力又下降了很多，四个人饥肠辘辘。

蔡天实在忍不住了，问林宇：“你们还有吃的吗？再贡献点儿！”

“最后还剩下几袋方便面了。”林宇叹了一口气，“恐怕支撑不了多久。”

眼下，最难解决的是食物；再没有补给，恐怕大家都会被活活饿死！

（4）

沈晓云烧了一些水，给大家煮了一些方便面。四个人围在大桌子上吃着热腾腾的方便面，心里却五味陈杂。

“蔡天，他说的大礼，究竟是什么呢？”林宇吞了一口面问道。

蔡天没用两分钟就吃完了，一份面根本无法填满他的胃口！林宇的问题也让蔡天陷入了沉思。

这一次神秘人只留下了一句话，他说会带来一份大礼，可见这份大礼也不是什么好东西！

“在我看来，他的大礼很可能就是把我们都变成祭品！”蔡天舔了舔嘴角，肚子还是有些没吃饱。

蔡天的话音刚落，从房间的角落里，突然传出了一声令人毛骨悚然的笑声，阴冷冷的调子让人骨头都酥麻了。

“谁？”林宇打起了几分精神，“这个神秘人还真是让人头疼，怎么无处不在！”

窗外风雪交加，大门被风吹得“吱吱”作响，四个人提心吊胆地吃完方便面，打算聊聊关于神秘人的话题。还没等蔡天开口，一阵高亢的笑声再次在房间里炸开。仔细一听，原来是双胞胎的声音！

“蔡天，难道真的是……”沈晓云的“鬼”字还没有说出来，就被林宇拉住了。

“别胡说，没有鬼！”林宇轻声说道，“恐怕又是神秘人搞的鬼！”

“嘎吱”一声，别墅的大门自动开了，阴冷刺骨的冷风夹着雪涌了进来。四个人忍不住打了个寒战，门外的情况让他们大惊失色。两个穿着白色裙子的小姑娘站在门口，头发散下来，挡住脸部，看不清模样，恐怖的笑声就是从她们的嘴里传出来的……

“陪我们玩啊，我说过还会来找你们……”声音干涩而又冗长，诡异且神秘……

蔡天冲上去，想要把她俩抓住问个清楚。可还没等冲出大门，两个女孩子就已经不见了！

不见了！是凭空不见了！

“怎么可能不见了？”蔡天反问自己，“难道是我产生了幻觉？”

“不，我们都看到了！”林宇十分肯定，“而且，你不觉得她们像那对双胞胎吗？双胞胎不是已经死了吗？怎么……”

对于这种把戏，蔡天已经见怪不怪了，用什么投影仪，或者一些高科技手段，在他们面前播放影片之类的，那两个孩子在出事后，根本没有出现过！

这只是神秘人要的小把戏！他们四个人再次被人耍了。

蔡天从大门外走回来，关好了门，突然闻到房间里有一股烧焦的味道。他见其他人都没有什么反应，便也没有放在心上。

“你们看！”沈晓云从桌子上拿起一个东西递给林宇。

“灵牌位！”林宇猛然扔在桌子上，嫌弃有晦气。

“这恐怕就是神秘人说的大礼吧？”蔡天捡起一个灵牌看了看，嗤之以鼻，“数数一共多少个？”

沈晓云和李莉开始数了起来，正好十一个！

“十一个，每人一个灵牌吗？”林宇冷哼了一声，“看来，刚才两个小女孩儿只是来吸引我们的目光，神秘人的重点恐怕是这十一个灵牌吧！”

“没错，你和我想的一样。”蔡天也觉得林宇的猜测是对的。

当他们所有人都注意到门外的小女孩儿的时候，这个灵牌恐怕就是从房间里的某个机关中给弄出来的。

沈晓云紧紧地靠在林宇的身边，她觉得这一切都太吓人了，她一分钟都不想离开林宇的身边。

而林宇也在思索着，第一份礼物如果是神秘人故意让大家看到他的样子，那么第二份礼物就是灵牌位，也预示着，他们一行人没有一个可以活着离开这个别墅！

蔡天拿起灵位一个一个对比起来，他发现灵牌上的字迹笔法十分相似，看样子都是来自同一人之手。他觉得奇怪，神秘人这么做的目的是什么呢？

沈晓云从惊恐中走出来后，说的第一句话是：“这些牌位都是从天花板上掉下来的，天花板会动！”

沈晓云的话引起了大家的注意，所有人把目光都集中在天花板上。

吊过顶的天花板，看不出任何异样，难不成在这个房子里到处都充满了机关？可想而知，神秘人在这次的行动上可是下了血本！

林宇十分震惊，他问蔡天：“蔡天，你对此事怎么看？”

十分平整的天花板看不出任何异样，蔡天不能就此说明什么问题，只能摸着下巴思考着。过了很久蔡天说道：“并不是没有可能，或许他们装了隐形的装置，用两个小女孩儿引起我们注意，打开装置，让这些灵牌掉下来！”

沈晓云身体瘫软了，靠在了桌子上，手碰到一个灵位，她看到上面赫然地写着“沈晓云之灵位”！

“啊——”沈晓云惊呼了一声。

她的一声惊叫把另外三个人吓了一跳。在他们的眼中，这些灵位只是神秘人用来捉弄他们的把戏罢了，他们并没有放在心上。

可沈晓云不同，她只是一个小女人，没有那么大的胆量，甚至连李莉一半的勇气都没有……

第七章　谁在幕后操作

（1）

别墅的大门紧紧地关闭着，从那扇破碎的窗户吹进的猛烈的寒风，让众人受尽了折磨。沈晓云捏了捏鼻子，打了个喷嚏。众人还在回味方便面的余香，大概是还想再来一份。

沈晓云越来越不安，她开始相信李莉占卜的预言。她说得没错，该来的终归会来，所有人都逃脱不了命运的安排。

蔡天抬头望着天花板苦思，这栋别墅里有一种说不清道不明的诡异。

公共浴室发现的黄天美，九重图阵和九星连珠同时惊现，不翼而飞的尸体，接二连三的神秘人犯案，会变化的客房，都让蔡天处于精神崩溃的边缘。

他望着天花板，脑海中再次浮现出九重图阵的结构，跟他当初在老酋长家中所见的并无二样，同样是那些形状，六芒星阵，大小完全一致地分布在图阵的四周，宛如神秘人刻下的标记，随时等待他夺去标记下的生命，跟那些被害者一样，他们的背部都被烙上了这独特的标记，象征着他们是被选定的人！

林宇跟蔡天一样，也在思考着。他的脑子里也浮现出九重图阵，他幻想着自己死掉的样子，光是想想就泛起一身鸡皮疙瘩。

他的目光飘向窗外，他忽然觉得一开始就错了。从那份邀请函到他手里开始，一切都变了。

窗外依旧夜色暗沉，他的心如同别墅外的冰雪一样寒冷。人活着，心却死了。看着茶几上为数不多的方便面，他知道挨不了几天了，最坏的结局不是被神秘人干掉，就是被活活地饿死。

“晓云，如果，我是说如果真的有来世，我希望你不要遇见我！”林宇心中十分苦涩，不能给自己心爱的女人美好的生活，这是他人生的败笔。

沈晓云靠在林宇怀中，哽咽地说：“不，我下辈子、下几辈子都要遇见你！”

她明白林宇说这话的意思，也做好了最坏的打算。如果真的死在别墅里，她也要跟林宇在一起！

大家都不确定还能不能见到明天的太阳，也许在今夜都会被神秘人杀死……

（2）

对于在别墅里总是出现的离奇情况，蔡天觉得越来越接近事情的真相。他坐在林宇的对面，十分郑重地问道：“林宇，对这个问题，你怎么看？”

“我推测，别墅里有大量的机关。还有那个来无影去无踪的神秘人，为何会进出别墅自如？最后，通过晓云所说的从天花板掉下来的灵位牌，我更加肯定！”这也并非推测，是林宇经过这几天的观察而得到的结论，“不然，神秘人怎么会在我们还在别墅的情况下，如此胆大妄为呢？”

沈晓云听到林宇说的这番话，被吓得瑟缩着身子，在他的怀中低声说道：“那怎么办？我们究竟怎么办才好？”

蔡天顿了顿，说道：“是啊，这也正是我担心的情况！好歹监视器还有迹可循，可这机关却比监视器隐蔽多了，并不是我们肉眼就能够看透的。这才让我们感到危机四伏！”

“蔡天说得的确有道理。”李莉也参与讨论，“不过，就算我们要找，恐怕也要到天亮才行吧？黑天半夜的，我们人还少，如果发生危险，恐怕自顾不暇！”

“你说的只是一方面！”蔡天补充道，“我们现在即便找到了机关又能怎样？还不是依然会被神秘人恐吓，也抓不到他，毫无意义！”

“那不一定！”林宇反驳道，“如果我们找到机关，也免于惊吓了呢？你想想，刚才晓云被掉下来的灵位牌吓到，到现在都心有余悸。我不想让她再受到惊吓了！”

李莉也帮腔道：“没错，找到机关可以保证我们的生命安全，尽管不能抓到神秘人，至少可以保证我们自己不受惊吓！”

“算了，明天再说！”说罢，蔡天指了指沙发，对两个女人说道，“你们俩先去沙发上睡觉，我和林宇负责守夜。”

沈晓云害怕，一直窝在林宇的怀中，始终不愿意离开他去沙发上。林宇无奈，只能抱着沈晓云，看她在自己的怀中缓缓入睡。

林宇现在什么都做不了，他只是希望时间快点儿过去，期待白天早点儿来临，所有的事情都朝好的方向发展，出现新的转机。

沈晓云只要一闭上眼睛，脑子里就会浮现出神秘人砍赵凡的场景。

她幻想着，当斧头划过赵凡的皮肤，血溅了一地，顺着裂缝流到湖里。沈晓云的脑子里突然蹦出来，那个穿着斗篷黑衣的人，手里握着一把银白色的镰刀，正一步步向她靠近！

“啊——”沈晓云猛然从梦魇中醒来，惊恐中下意识地抓住林宇的胳膊。

林宇被沈晓云的喊声拉回了思绪，忙哄着她：“怎么了？做噩梦了吗？”

沈晓云急促地呼吸着，紧紧地靠在林宇的怀中，感受他的温暖，惊魂不定地说：“我梦到黑衣人了，他要杀了我！”

“我刚刚也在想黑衣人！”林宇咂着嘴，“我在想，他是不是借助别墅外面的那棵大树进入二楼的呢？不过又觉得不太可能，那么高，他难道会飞檐走壁？”

沈晓云听着林宇的话，也说出了自己的疑问：“就算他利用大树，又怎么可能在我们不知情的情况下进入房间呢？这太不可思议了。”

“很有可能！”林宇给沈晓云解释，“他只需要准备四根粗麻绳，把绳子套在竹竿上，借助大树的主干，调整好方向往前一荡，就顺利地进入二楼的窗台上了。他完全可以敲碎玻璃，或者利用玻璃刀，把窗玻璃割掉，进入别墅！”

沈晓云点点头，脑子还是昏沉沉的。对神秘人是怎么进来的，她并不关心，她只想知道自己能不能活着离开。昏沉中，沈晓云看着林宇棱角分明的脸庞，突然有一种终会和林宇分别的强烈感觉！

（3）

窗外的天空微微出现亮光，客厅里依然昏暗无光。四个人围坐在桌子旁，讨论接下来应当如何应对。

按照昨晚大家的推测，林宇、沈晓云和李莉都要去找房间里的机关，而蔡天却觉得这是没有任何用途的做法。最后，蔡天一个人拗不过三个人的想法，只能随他们一起去找。

他们在每一间客房里都仔细地翻查着，想要找到机关，却并没有什么收获。李莉原本兴致昂扬，也被现实击倒了。

四个人寻找机关的时候，蔡天感叹道："我真的很后悔，从一开始就不应该听导游琴琴的话。如果不住进这里，就没有这么多奇怪的事情发生了。"

这当然不是蔡天一个人的错误，是整个团队的决定，也不是琴琴一个人所能左右的。更何况，林宇觉得，无论他们走到哪儿，都会落入神秘人准备的陷阱中，说不定除了这里，还会在其他的地方为他们准备着呢！

林宇叹了一口气，拍了拍蔡天的肩膀，安慰道："老兄，别这么悲观，说不定这次的旅行可以成为你人生的另外一个起点。你回去后把这次的经历都写在你的小说里，肯定会大红大紫！"

林宇的这句话深入蔡天的心，这正是他当初想参加这次旅行的目的，没想到所经历的一切，竟然和他的初衷完全吻合。

从客房走出来，二楼破碎的窗子往屋里灌着冷风，林宇打了个喷嚏。他叼着一根烟，掏出火机点燃。这时，他看到在不远处，有一个黑影在闪动。

那是人吗？林宇猛吸一口烟，把抽到一半的烟丢了出去。烟头的光亮消失了，而那个黑影也忽然不见了！

别墅里再次发出让人毛骨悚然的声音，跟上次午夜的声音如出一辙！大家顿时陷入惶恐中，林宇竖起耳朵努力听着，他要根据声音判断声源的位置。

没过多久，林宇猛然回过头，跑到旋转楼梯最下方的小楼梯处，也就是那天晚上何天博的藏身之地，聚精会神地听着。

林宇弓着身子钻进里面，冷笑着说道：“找到了！”

他们听到林宇说话的声音，循着声音找了过来，林宇从楼梯下面钻出来，手里拿着一个小玩意儿。

“这是什么？”沈晓云随口问道。

“扬声器！微型扬声器！”林宇解释道，“这东西在装神弄鬼界可是很著名的，我们在房间里听到的那些诡异的声音、笑声，都是从这里发出来的！”

“你是怎么判断出来扬声器在这里的？”李莉紧皱眉头问道，她有些怀疑林宇了。

“这并不是偶然的！”林宇指了指自己的头，“这个东西可不是为了长头发用的！刚刚我走到窗子前，就是为了借助风声，来判断声音来源的方向！喏，这个办法还是很好用的！”

林宇把扬声器扔在了地上，不忘补上一脚，狠狠地踩了踩。然后对沈晓云说：“晓云，以后你再也听不见那种奇怪的笑声了，可以放心啦！”

沈晓云笑了笑，林宇什么时候都想着她，她心中暖洋洋的。

而坐在电脑前观看着他们一举一动的人，有些按捺不住了。

“这家伙还真多事，教训一下他！”一个尖锐的女声说道。

命运的轮盘又开始悄然转动起来……

(4)

“轰隆隆”几声巨响，别墅震动起来了。等四周重归寂静后，几人才回过神来，半空中有东西飘了下来。

一张巨大的红色横幅，上面镂空刻着九重图阵——这是一个特别的现象，从天而降的横幅，正慢慢下移，一幅图在大树上悬挂着。

红色横幅上画了一个巫婆拿着水晶球，好像是在预测未来。这让大家把目光都集中在李莉身上，只有她才会占星象。

李莉看着横幅挂在树上，那一抹血红在暗夜中异常耀眼；仔细观察，却发现横幅上画满了东西。她想起这是一张名为罗生门的塔罗牌图案。

罗生门是轮回之门，步入之前都要受到折磨。

罗生门是一张不祥的塔罗牌。

在日本江户时代，有一个占星预言家发现了这张罗生门塔罗牌，并且还用自己的妻子做了占卜预言。没过多久，他对妻子的占卜竟然实现了。随后，那名占星预言家离奇失踪，没有人知道他去了何处，如同人间蒸发！凡是学占卜的人都知道，他的最后一个预言是，人类会通过罗生门，步入万劫不复之地！

记得在他去世的次日，整个占星界都震惊了。在他下葬的那天下午，白天忽然变成了黑夜，天空中浮现了一个巨大的天洞，人们隐隐之中看见了一扇巨门——罗生门惊现！所幸的是，罗生门并没有真正打开，人类还是平安地生存了下来。

在现实世界里，没有人见过九重图阵和九星连珠同时出现，更不知道两者同时出现会发生什么情况，所有的臆断都是大家的猜测而已。九重图阵是否真的有逆天改命的神力，还没能得到证实。毕竟，世间有很多事是无法解释的。

对此，李莉也十分关心。除此之外，她这次到艾里克湖还有另外一个目的，见一位神交已久的星粉。

李莉也知道，如果要开启九重图阵的神力，就一定要有祭品送给巫蛊神。毫无疑问，当下的情景，神秘人要把他们当成祭品！

占星大师的话在李莉的脑海里慢慢浮现——通往地狱的大门会在九星连珠之时开启！九星连珠那天，罗生门会真正打开，世界将会被净化！

有一点让李莉觉得奇怪，为何那个占星大师临死前的预言还没有实现？难道是时机未到？

此刻，她想到了占星要诀。占星实现必须具备天时、地利、人和，三者缺一不可。而现在看来，这三者很快就会有了，再一次证明那个预言可能会成真！

李莉脑海中灵光一闪，终于想起她占卜出的骷髅牌的另外一层含义。顿时，她的脸变得煞白，背脊冷汗直冒。

死神即将降临！

（5）

李莉缓过神来，看到放在客厅里另一边的沙发竟然在慢慢移动。她的脸突然变得像猪肝色，嘴张开，双眸仿佛要从眼眶里凸出来一样。她直勾勾地望着那白色沙发，惊声尖叫道：“沙发！沙发动了！”

林宇走到沙发边，看到沙发底下貌似有东西。他慢慢将其抽出来，一件血衣呈现在众人眼前！

血衣上映出了一个图形，这图形跟外面红色横幅上的图形完全一致！林宇惊异，他慢慢挪动白色沙发，又在沙发下面掏出了一双带有血迹的鞋子！

“那家伙不是人！是畜生！”林宇的身体也在颤抖，他还是第一次接触如此恶心的东西！

“不会是——”李莉有点儿犹豫，全身瑟瑟发抖。对于她想的那些问题，也不敢说出来了。

“李莉，你知道什么？”蔡天看了一眼李莉，追问道。

“我不知道，我什么都不知道！”李莉惊慌失措，她不敢说出一个字，唯恐招来杀身之祸。

“李莉，你究竟知道什么？你说出来吧！”沈晓云央求着李莉，“我胆子小，你不要吓我啊！”

就算如此，李莉再也不说一句话，呆愣在那里。

林宇把视线转移到沙发处，他想不明白，那家伙是如何在众目睽睽之下把鞋子和血衣藏到沙发底下的？

“刚才李莉说沙发会动，难道沙发下面有机关？”林宇喃喃自语道。

说着，他伸出手往沙发底部摸去，在沙发的正中间触摸到一个类似按钮的东西。他用手往下一按，沙发下的地板竟然慢慢往前移动，发出“嘎嘎嘎”的响声。

另外三个人也围了过来，一条暗道呈现在他们的面前，暗道的台阶一直通往黑暗的深处。

“蔡天，下去吗？”林宇看着沙发下的暗道问。

“横竖都是死，何不放手一搏？兴许还有生还的希望！”蔡天此时充满了战斗精神，才不怕什么妖魔鬼怪，他往下走去。

他们从来都没有想过，这究竟是不是一个陷阱……

（6）

蔡天举着煤油灯，一步步走了下去，直到光亮消失。

林宇坐到另外一张沙发上，双眼微闭，等待蔡天带回来的消息。

暴风雪仍狂啸不停，令人陡生一股寒意。

沈晓云说：“林宇，蔡天不会出事吧？”

林宇没有回答，慢慢闭上了眼睛。他实在是太累了，整张脸上布满倦容，如一张要龟裂的老树皮。他双眼充满了血丝……

沈晓云再次问道：“林宇，我们还有活下来的机会吗？蔡天会不会出什么意外？”

沈晓云话音未落，林宇忽然睁开双眼，瞪着沈晓云，面若白纸。沈晓云看到后，一种莫名的心悸爬上心头。她也说不清是什么感觉，只是感到心跳加速，好像要蹦出来一样。

沈晓云调整呼吸，异样的感觉顿时消失。她没有胆量追问下去，她害怕林宇的那种眼神，深邃的眼神让她感到寒冷。

“放心，蔡天不会有事的！”林宇吐出一句话。

蔡天提着煤油灯，走在暗道里。四下很安静，他可以清晰地听到自己的心跳声。

他下到最后一个阶梯，刚想往前一走，却踢到了一具尸体，定睛一看，是胡佳的！

他没有打算停下脚步，一直往里走，越往里走，温度越低。

就在这时，他忽然听到“吱吱”的响声。他举着煤油灯走过去，眼前的景象让他反胃！

两三具尸体上面爬满了小老鼠，它们在肆意地啃食着。

蔡天顿时明白为何那些尸体会不翼而飞，原来都被转移到沙发底下的暗道中。可明明失踪了那么多人，为何里面只有三具尸体？

蔡天仔细看了一下，从身形上判断，尸体很有可能是何天博夫妇和田丽。

王杰及其他人呢？

蔡天从暗道中跑出来，林宇正叼着一支烟在出口处等他。

看到蔡天惊慌的样子，林宇问道：“怎么了？”

“暗道里放了三具尸体！”蔡天惊魂未定，大口大口地喘着气。

“死了那么多人，其他人的尸体呢？”李莉问道。

“我也不清楚，不过，我猜想一定也在别墅的某个暗道里。”蔡天瘫坐在地板上说道。

“对，还有隐匿的机关！”林宇也认可蔡天的观点，“我们要继续找！”

破晓的第一缕阳光，温柔地洒在大树的枝杈上。连续下了几天的雪也停了。可是，寒冷丝毫没有减退，危险还在蔓延……

（7）

林宇的目光定格在大树上的那幅红色横幅上，片刻后他向厨房走去，大家需要补充一些能量了。

林宇走过李莉身边时，嗅到了她身上的危险气息。在他看来，一个精通占卜奇术的人十分神秘，从某种意义上来说，跟神秘人一样神秘！

林宇在厨房烧了一壶水，端着方便面放在了沈晓云和蔡天的面前，并没有管李莉有没有吃的。蔡天凑近林宇，小声地说道："你觉不觉得李莉有问题？"

林宇看了一眼蔡天，微微点了点头。沈晓云也有同感，竖起了大拇指。

三个人凑在一起一边吃着方便面一边说着话。李莉明显感觉到被他们排除在外了，只能怏怏地向一楼客房走去。

他们三个迅速吃完了方便面。沈晓云低声问道："很好奇，她一个人去客房做什么？"

不仅沈晓云好奇，林宇和蔡天也同样感兴趣。于是，三个人决定去楼上，看看她究竟在搞什么鬼。随后，三个人朝李莉的房间走去。

林宇扭开李莉的房门，露出一条缝儿。他刚看进去，就被一抹耀眼的白光给闪了回来，他下意识地闭上了眼睛。

原来，李莉的手中握着一颗发光的水晶球，地板上铺满了塔罗牌。李莉跪在地上，嘴里念念有辞。随着李莉嘴里念的话，水晶球忽明忽暗，直到最后水晶球停止了发光……

"哼，进来吧！"李莉已经知道他们在门口偷看了。

三个人打开门，大大方方地进了李莉的房间，听她究竟有什么要说的。

李莉坐在床上，嘴角露出诡异的笑容，她说道："其实，在两个星期之前，我收到了一个十分神秘的电子邮件，在电子邮件里就有九重图阵，以及一些关于九重图阵的资料。让我没有想到的是，竟然在这里也遇到了同样的图案，我很感兴趣！不过，这些都不是最重要的。给我发邮件的那个人，她说只要我来参加这次旅行，就会见到她。实际上，我是来见这个叫'美丽'的人的！"

"美丽？"林宇发出疑问，"你说的这个人网名是叫'美丽'吗？是个女人？"

"网名的确叫'美丽'，是不是女的不得而知。我所了解的那些关于星象啊，关于九重图阵啊，都是来自她发给我的资料！"李莉笑着说。

沈晓云的身体向后倒退了一步，深吸了一口气，说："我也接到过同样的邮件。我想起来了，我看九重图阵如此眼熟，就是在邮件里！"

林宇一惊，他在翻沈晓云邮箱的时候并没有发现啊，这是怎么回事？不过，到了这个地步，他也不得不说出来："其实，我也认识一个网名叫'美丽'的人。她也和我说了关于九重图阵和九星连珠的一些事情。我以为，这只是一个无稽之谈，没想到……"

他没想到，在这个千里之外的地方，竟然遇到了两个和他同样接触过"美丽"的人，其中一个还是他的妻子！

李莉也觉得十分惊讶，她继续说道："你们有没有注意到，实际上这封信里有一个诅咒！"

他们摇了摇头，表示并没有注意到。

"我觉得这封邮件一定和神秘人有关系，所有的一切都是他提前安排好的！"李莉看他们都不再说话，又说了起来，"说不定，这原本就是一个局。"

"好，就算你说得通，你刚才是在干什么？预测吗？"蔡天开口问道，"难道你知道九重图阵应当怎么开启？"

李莉点点头，说道："没错，刚才我就是在预测，预测这次九重图阵能否成功！关于怎么开启，我只知道口诀——'九星连珠，阵落九具尸；图阵渐开启，逆天改命时'，其他的我就不知道了。"

蔡天点点头，关于李莉说的这两句口诀，他的确在老酋长家的九重图阵上见到过。难道这两句口诀是暗示？蔡天突然萌生了一种想法，如果九重图阵真有如此神力，那么能改变一年前的那件事吗？

一想到这里，蔡天不由得打了个寒战，异样的快感油然而生，渐渐地扩散到身体的每一根神经里。当兴奋的感觉慢慢溢出来，他的心竟然也跟着颤抖。这种感觉比写悬疑小说还要刺激千百倍！

他们从李莉的房间回到客厅后，疲惫感席卷而来，两个一夜都没怎么合眼的男人，躺在沙发上呼呼睡着了。

那扇破掉的窗户旁的黑色窗帘被狂风吹得直响，寒冷连同白雪一起涌入别墅。他们已经不觉得冷了，没有什么比死亡还要令人发冷的事了。

第八章　原来只是游戏

（1）

这一切什么时候才能结束？

林宇和蔡天躺在沙发上昏沉沉地睡了两个小时。林宇醒来后，问蔡天道："老蔡，你说为什么这个神秘人要选中我们这些都知道九重图阵和九星连珠的人呢？他的目的是什么？"

蔡天还没有彻底清醒过来，摇了摇头，头脑不清醒地说道："我又不是神秘人，怎么会知道！"

"九重图阵跟九星连珠有着莫大的关联，只是没人知道它是真是假。它是否真的有逆天改命的神力，谁也不晓得。换个角度思考，这跟网络上那些无聊的悬疑写手写出来的东西一样，只是糊弄人的，很可能就是个障眼法！"李莉接着林宇的话说下去。

“这一点，李莉说得没错！”蔡天赞同她的说法。

似乎四个人里面，只有沈晓云的意见最没有建设性。她想了很久，最终还是打算说出来和大家分享。

“其实，去年我参加旅游的时候听说过，也是一名导游告诉我的。导游和大家讲，说当时参与九星连珠和九重图阵的人全都消失了！好像当时那个带队的也消失了，再也没出现在他们公司里。那个时候，我当玩笑听了，却没有想到会演变成现实。”沈晓云朝林宇的方向靠拢了一些，“最让我奇怪的是，为什么赵凡也参加了这次的活动，难道他……”

“哼，我知道！”林宇冷冷地哼了一声，“去年是他和你一起去的！”

想到赵凡那个家伙，林宇的眼中就冒着火气。无论他是不是真的死了，这份怨念都不会消失。

“是……”沈晓云知道这件事很羞耻，却没想到林宇早都知道了，“可我真的没有想到，这次他也会来参加！我……我不是故意的。”

林宇轻轻推开了沈晓云，心中泛着醋意。既然两个人已经挑开了，那么他也没有必要再遮遮掩掩。林宇直接说道：“我早就发现你们俩有关系，所以这次的邀请函是我发给他的！一开始你问，我并没有承认。现在，赵凡已经死了，你也断了这个念想好了！”

只是林宇并没有说清楚，他发给赵凡的邮件写的是艾里克湖，并不是别墅。至于他是怎么找到这里的，就不知道了。

沈晓云抹着眼角的眼泪，啜泣着说：“我知道，我知道你是爱我的，我知道你做的一切都是为了咱俩的家，我不怪你……真的不怪你……”

看到他们俩你侬我侬，蔡天清了清嗓子，实在看不下去了。

“你们俩够了啊！等回去慢慢缠绵！”蔡天点了一支烟，“其实，你们说的这个九重图阵，我在老酋长家见过。他家的图阵十分神秘，上面还刻着楔形文字。我用手机拍摄下来，回家后查找过相关资料，最后才发现它和九星连珠的奇怪天象联系在一起。我觉得，这并不是普通的耸人听闻！”

听到蔡天这么说，林宇猛然抬头，表情凝重地看着他，说了一句：“你如果这么说，或许我和这件事也有莫大的关系！”

“在来这里旅游之前不久，我们事务所接到了一个案子，”林宇说道，“就是关于九星连珠和九重图阵的，好像还是命案……”

沈晓云和李莉都起了一身鸡皮疙瘩，没想到每一个人都和这件事扯上了关系，并且都是很深刻的关系。

(2)

四个人坐在沙发上，都不说话了，空气中再次凝结着死寂。

林宇首先打破了尴尬的气氛，对蔡天说：“蔡天，其实我对你也有怨气。如果不是你把晓云介绍到什么影视公司上班，她也不会和姓赵的勾搭上，也不会让我们的幸福家庭破裂！本以为这次来旅游能够缓解我们俩之间的矛盾，不过现在看来不一定了……”

林宇说得没错，夫妻俩的心中已经有了一个结，还是个死结，以后的路怎么走还说不定呢。

蔡天也垂下头，盯着茶几，唉声叹气。他也知道，有的时候自己会好心办坏事，这是很严重的一件事！就在蔡天把手放在茶几上，要站起来和林宇赔礼道歉的时候，茶几发出了“嘎吱、嘎吱”的声音。

“这茶几会动！”

林宇伸手向茶几的底部摸去，里面有一颗很细小的螺丝钉，是微型开关！

林宇慢慢把茶几下的木板揭开，好奇地说：“这下面是什么？难道和沙发下面的一样，也是地下室？”

蔡天说：“说不定在这里也藏了什么东西！”

林宇说：“我们下去看看，或许能找到出路。”

四个人各拿一根蜡烛，步入茶几下面的地下室。

暗黄色的微光在地下室里闪烁，他们小心翼翼地往地下室深处走去。不出片刻，地下室里多了一扇木门。推开木门后，大家都惊呆了！

这里有几台电脑，显示器正播放着别墅客厅里的一切。

蔡天看了看后盖，说道：“烟灰缸里还有烟头在冒烟，说明他们刚走！”

说完，蔡天领头往木房里走……

（3）

在蔡天的带领下，他们进入了木房里，房间的椅子上竟然坐着王杰和两个孩子，还有黄婆婆和导游琴琴！他们怎么会在这里？

沈晓云害怕地躲在林宇的身后，战战兢兢地问道：“他们是死的，还是活的？”

“傻丫头，我们当然是活人！”黄婆婆站起来说道，“现在，我们的游戏该结束了！”

琴琴也从黑暗中走了出来，站在大家的面前解释道：“谢谢各位参与本次的真人秀，游戏到此结束！”

王雅婷跑到蔡天的身边，撒娇地说：“叔叔，你一定被我吓到了吧？我现在向你道歉哟，这一切都是爸爸安排的。”

沈晓云提着的心总算是放松了下来，原来这所有的一切都是假的，都是被伪造出来的。

“现在让我把电闸打开，顺便到客厅里欣赏一下你们的成果。”黄婆婆说着，往外面走去。她按下了电脑显示器旁的插座按钮，拿起里面的光盘。

一群人从地下室里上来，但都是闭口不言。他们四个人都想知道，何天博夫妇以及田丽、赵凡还活着吗？

林宇看着黄婆婆把光盘放进DVD机里，她就像什么都没有发生一样。林宇只好主动问起：“黄婆婆，另外几个人呢？”

黄婆婆也愣住了，她直起身子，锁紧眉头地说道：“其他人不也应当安好无事吗？毕竟，这只是一个游戏而已……”

“不！不对！”林宇反驳道，“如果是游戏，何天博夫妇应该和你们在一起，而我们在另外一个地下室里发现了他们的尸体！这究竟是怎么回事？”

“快！赶快看光盘就知道了。”王杰打开DVD机，把光盘放入其中。

电视机的屏幕先是一闪，随后，里面发出“沙沙”的响声，图像渐渐浮现。里面走出来一个人，他穿了一身黑衣，头戴圆帽，左手拎着一张类似毛皮的东西。

林宇转身望了望黄婆婆，所有人的脸上都露出了奇怪的神情，有恐惧、好奇，也有不解。

“是那个人！”沈晓云说道。她看着DVD画面里面的人，慌了，这一切根本不是游戏！

电视机里发出了诡异的声音，吓得众人魂飞魄散。

那个家伙把左手里的东西铺到地上，拿出朱砂笔，开始在那张毛皮上画了起来。一会儿，那个人说：“忘了告诉你们，这不是游戏！你们都会死！”

屏幕一闪，什么都没了。

黄婆婆简直不敢相信自己的眼睛，真人秀的光盘竟然变成了这玩意儿！

沈晓云双眼无神地看着屏幕，她最后的一线希望破灭了！

王杰望着屏幕，沉吟了片刻，说：“看来，还有一个神秘人也来了这里。而何天博等人已经遇害了，可他的目的又是什么呢？”

“赶快离开这个地方！”林宇不满地骂道。

“我知道路，你们跟我走！”黄婆婆主动请缨，“这条路通往外面只有一个桥，只要过了那个桥，顺着大路就能有车了！”

“木吊桥？早就断了！”沈晓云哭喊着，“我和赵凡离开的时候，桥就已经断了！”

“完了，那是通往外界的唯一出口！”黄婆婆这下慌了，“难道我们都被困在这个地方了？”

“不行，我们不能坐以待毙，要想办法和外界联系上！”蔡天十分坚定地说。

“黄婆婆，你不是这栋别墅的主人吗？应该知道还有没有其他通往外界的路啊！”林宇寻求黄婆婆的帮助。现在他们都是拴在一根绳上的蚂蚱，一个都跑不了。

“我不是这栋别墅的主人，这是公司安排的，我只是这里的接头人，负责把游戏进行下去！”黄婆婆的回答令人气馁。

沈晓云说："那可以打电话报警啊！有没有座机？"

"在地下室的柜子里，我去！"黄婆婆赶忙按下茶几的开关，往地下室里走去。

"啊——"近乎求救的哀号声，从地下室里传来。听闻者心中不由得颤抖。

黄婆婆出事了？林宇愣了一下。大家都被那声音给吓坏了，脸上均显出恐惧之色。就在这时，窗户前突然出现了一个神秘人。他手持巨斧站在众人面前，指着沈晓云冷笑道："那个老太婆已经死了，下一个就是你！"

"不！我不会让你伤害晓云的！"林宇忽然咆哮着。

林宇跑进厨房，手握菜刀追了出去。

"不好，我们赶快跟着林宇，以防他遭遇不测！"蔡天喊道。

其他人都跟着跑了出去。沈晓云异常紧张，她脑海里总是回荡着神秘人的话，她的手心里沁满了汗水。她跟着跑出去，却看到林宇颓废地坐在雪地里，双目无神，好像丢了魂一样。

（4）

林宇抬起头，看着远方，嘴里念念有词。他追出来后，清楚地看到，神秘人忽然消失不见了，如同气体一般在原地蒸发。

菜刀还在一旁，深深地插在白雪之中。

他回过头去，一言不发。风雪对于林宇来说，已经不再寒冷。他颤抖地问道：“蔡天，这世上真的有那个？”

这一问，另外几个人也瞪大了眼睛，不明白究竟出了什么事。为什么林宇会这么问？他到底看到了什么？

林宇从众人身旁走过，一步一顿地向别墅走去。他的脚步很慢很慢，雪地里印出他的脚印，一个比一个深。林宇跟之前判若两人。原来，这世上真的有怪物！

怎么会这样？林宇还没缓过神来，就听到“咔咔”的响声。

“什么声音？”林宇用颤抖的声音问。

蔡天一眼就看到了，茶几竟然在移动！

“蔡天，你跟我到地下室去看看。黄婆婆没准已经遇害了，我们下去了解一下情况，顺便把黄婆婆的尸体带出来！”林宇转过头对蔡天道。

“好！”林宇和蔡天走了下去。

林宇的脑海里想起黄婆婆说的那部座机，他知道那是最后的希望！

他也开始猜疑，神秘人对他们的行动了如指掌，任何时候都比他们快一步。这让林宇更加肯定了一点：那个神秘人一定匿藏在这群人之中！

至于神秘人究竟是谁，根据他在外面见到的体形，不难判断，是成年男性的身形。所以，几名女性可以排除在外。最后，就剩下蔡天和王杰了。可惜，他们二人都有不在场的证明。因为他们俩一直跟大家在一起。

“我一定会抓到你！”林宇恶狠狠地说道。

“不好，空气里有股怪味儿，快逃！”蔡天在林宇身后低声喊着，说着就抓住林宇的胳膊往外跑。

他们俩跑上去后，蔡天忙把茶几推了回去。

“你干什么？”林宇气愤地吼道。

“我闻到了煤油味儿！我不把你拉回来，你早死了！”

“可恶！神秘人是想断了我们最后的退路。我想去地下室拿电话，最后的希望都让神秘人给毁了！”

王杰叹了一口气，说道：“既来之则安之，听天由命吧！”

林宇看着王杰，张嘴问道：“王杰，你究竟知道什么？该对我们说了。”

（5）

王杰淡然道：“我们的老板说，收到了一份匿名的委托，里头有一份名单，就是诸位的姓名。其实，我们社里根本没有搞什么抽奖，而是老板见钱眼开！老板为了安排这次活动，特意将我安插进你们的队伍，做得更有真实性。而实际上，你们看到的天美和挂在树上的男性尸体，都是假的……”

“什么？”林宇不依不饶地继续问。

“说白了，我们都被耍了！”王杰的神情看上去并不像在说谎，“看样子，本以为这是场游戏，很可能现在已经演变成了真实事件！”

“你们在那些人背部画的图案是什么意思？还有，你们也知道九星连珠？”林宇的语气陡然加重。余下的人也看着王杰，这些问题的答案也正是大家想知道的。

“那是委托书上的内容之一，是老板吩咐琴琴画的。琴琴的真实身份并不是导游，而是一名殓妆师。”王杰解释着。

“没错，我是按照委托书上的资料画的。”琴琴站在远处，冷冷地说了一句。

“你知道那意味着什么吗？我告诉你，那是开启九重图阵的首要条件！”李莉冷然说道。

“别开玩笑啦，那不都是假的嘛！”王杰拉着两个女儿的手说道。

就在这个时候，茶几又自动移开了，一双烧焦了的手伸了出来，紧接着露出一张脸。黄婆婆一脸乌黑，满面渍污，一脸痛苦的表情。她张了张嘴，想说什么，突然，浑身一抖，整个人又掉了下去。

茶几忽然移动，自动合上了。

林宇跑过去，怎么按开关，都无济于事。

电视机屏幕忽然亮起来，传来一阵声音：“这个游戏精彩吗？蔡天，我还真是小瞧了你。本以为可以借助那个老太婆，把你跟林宇也烧了，结果没有成功！告诉你们，从现在起，游戏才正式开始——在这里的人，全都要完蛋了。我的规则是，想出去就把命留下！”

神秘人的声音有点儿怪，是经过特殊处理的假声，目的是为了隐瞒身份。

这时，神秘人拉来一条牧羊犬，那把银白色巨斧划出一抹寒光，狠狠地砍了下去！

所有人都慌了！

神秘人并没有理会大家的反应，他一斧头又一斧头地砍着，牧羊犬哀叫了几声，最后不再有任何声音……

神秘人摸了摸白色的斧头，冷笑道：“沈晓云，下一个该你了！”

站在电视屏幕前的沈晓云被吓呆了。显然，神秘人开始点名了。

沈晓云拉着林宇的手摇晃着，大喊着：“不！林宇，我要回家！我要回家！”

沈晓云说完这些话，就冲了出去。林宇和蔡天清醒过来，也追了出去。琴琴、李莉也跟着冲了出去。王杰也想出去，却被一个声音吸引了：“王杰，你还记得我吗？”

听到这个声音，王杰露出恐惧之色。

(6)

当林宇等人追出去后，出乎他们的意料，他们并没有发现沈晓云的身影。四下都是白茫茫的一片，连个脚印都没有一个。

刚才，沈晓云明明跑了出来，为什么现在又找不到了？莫非沈晓云被神秘人掳走了？

林宇看了看四周，觉得这种可能性并不大。眼前干净如面的雪地里，在上面走过是不可能没有痕迹的。

他们正准备回别墅，蔡天忽然说："慢着，有点儿奇怪啊，王杰呢？"蔡天这时才发现，王杰没有跟出来，他的两个女儿也不见了！

几个人赶忙跑回别墅，在门外听到一声凄厉的惨叫……

"有人遇害了！"推开别墅大门，蔡天嗅了嗅空气里的味道，"在一楼，一定在一楼！"

拉开一楼的浴帘，沈晓云正躺在浴池里，胸前有一个大洞，不知道被刺了多少下，模糊不清，但体温还是热的。鲜红的血，流到浴池的下水道里……

蔡天审视着那些刀口，他发现被砍的伤口有所不同。他往前走一步，浓烈的腥味儿让他下意识地掩住了鼻子。

林宇看着浴池里的尸体，悲痛欲绝，泣不成声。

蔡天恍然大悟，大家追出去的时候，正好中了神秘人的调虎离山之计。

林宇蹲下身子，看着浴池里沈晓云破损的躯体，心里满是怒火。他颓然地坐在地上，怒吼道："神秘人！我一定要抓到你！"

蔡天看到沈晓云时，也禁不住有些反胃。

李莉已经开始吐了："是王杰杀的吗？"

"一定是他！"林宇狂叫着跑了出去。

他跑到客厅里，疯狂地敲打着客厅里的东西。一顿发泄后，他跪在地上号啕大哭。这个坚强的男人第一次在这么多人面前哭得撕心裂肺。

蔡天大声叫道："林宇，你要振作起来，我们要赶快找到王杰！"

琴琴不理解蔡天的怨气从何而来，冷冷地问："找王杰？他就是神秘人吗？"

李莉镇定下来说道："不，他一定不是神秘人，他也没有动机！"

蔡天说："这只是你的猜测罢了！他不是？难道你是吗？别忘了，那个家伙说，想要离开别墅，就把命留下，这是他的规则！"

蔡天话音刚落，四周又陷入寂静之中，唯有林宇的哭声还在四下回荡。

至少在目前看来，王杰的嫌疑最大。

真真假假的神秘人，扑朔迷离的手法……

林宇终于冷静下来，回忆刚刚发生的事情。他明明看着沈晓云冲出了别墅，却又在一楼的公共浴室里被发现。这到底是怎么回事？

神秘人在众目睽睽之下把沈晓云掳走，难道神秘人精通魔术？不，这个想法过于荒唐，可在浴池里又确实发现了沈晓云的尸体，这其中究竟有什么含义呢？

林宇拍拍脑袋，对蔡天说道："我们去公共浴室，一定有问题！"

林宇转身向一楼的公共浴室走去，顺便在客房里拿了一条白色的床单。他用白色的床单盖在了沈晓云的身上。

沈晓云明明是从大门冲出去，可出了大门后就离奇消失了，尸体却在一楼的公共浴室里，这不是太奇怪了吗？

"这里一定有机关！"林宇抹掉眼角的眼泪，说道。

蔡天仔细检查了一下浴池四周，然后指着另外一个池子："蔡天，你看那个池子的位置，是不是有些奇怪啊？"

蔡天看了看林宇指的位置，然后发现了池子的下方有一个小按钮："这是机关启动器！只要触动它，就会改变方位。说不定，沈晓云就是这么被转移过来的！"

"你的意思是？"林宇还有些懵懂。

"这个机关可以通往别处。当我们都在外头的时候，有人已经通过机关把她转移了！”蔡天分析道。

“那我们能通过这个找到另外一处吗？”

“应该可以，按下开关试试！”蔡天说着，动手按了下去。池子的底部开始慢慢移动，底部竟然慢慢往下沦陷，露出另外一条黑不见底的甬道。

甬道里散发着一股臭味儿，让人的胃部不禁翻滚。蔡天跟着林宇出来，给客厅里的人说了在公共浴室的发现后，他们俩点了蜡烛下到甬道。

沈晓云已经死了，现在剩下的女人只有琴琴和李莉。她们俩在客厅里坐着，一言不发。

消失的人，死的人，都成了一团谜，这让李莉心中不是滋味。她余光盯着琴琴看，问道：“琴琴，事到如今，你应当说清楚。把我们耍得团团转，有意思吗？你是不是幕后策划人？！”

“嘿嘿嘿……”琴琴邪恶地笑起来，她斜眼看着李莉，“是又怎么样呢？只可惜，我不是主谋，难道你要告发我吗？”

“你！”李莉咬牙切齿，“你怎么知道我就不会和他们俩说呢？”

“因为我了解你！”琴琴一字一顿地说道，“我了解你，你来这里的目的不单纯是旅行，更多的是想找到关于九重图阵的真正策划者吧？”

没错，这的确是李莉的目的。事实上她根本不是李莉，而是顶替了原本要来参加旅行的那个占卜师。而关于琴琴说的后半句，她还有所保留。毕竟，九星连珠和九重图阵之间的关系，她还没有弄清楚。

（7）

公共浴室下的甬道里，林宇拿着蜡烛一直往前走，越往里走，气味越浓烈。

走到甬道的尽头，是一扇木门，林宇用力推开了木门。

公共浴室里的甬道竟然能通往别墅外，出口是大树下！

林宇恍然大悟，沈晓云之所以会离奇不见，神秘人出入自由，一切都是借助于这条甬道。

别墅是被人精心设计的，布满了机关。策划者一开始让众人收到所谓免费的旅行邀请函，让大家来到这个特定的环境中，让所有人陷入这个精心设计好的迷幻阵。

而这一切的策划人，就是那个委托旅行社老板发邀请函的神秘人！

当蔡天听完林宇的分析后，突然问："那么，王杰呢？"

林宇抬头望了望别墅，悠悠吐出四个字："一定还在别墅里！"

还在别墅里？这个局布置得还真够精密，一会儿不翼而飞，一会儿还在别墅里，一会儿又是所谓的真人秀。甚至说不定这一切的一切都是一场梦，并且所有的人都没事。

林宇和蔡天跑回别墅里，琴琴和李莉坐在客厅中。他们看到桌子上泡着方便面，才想起很久没有食物进肚了。当他们俩闻到方便面的香味儿时，不禁吞了吞口水。

“你们俩刚才不是在公共浴室吗？怎么从外头回来了？”琴琴十分好奇地说，“这是最后的食物了，你们俩快吃吧，总要保持体力！”

“有什么新发现？”李莉也一边吃面，一边问林宇和蔡天。

“我们刚才的确在公共浴室，不过在浴室底层的甬道里发现了另外一个出口，就是门前那棵大树。那树洞可以打开的，而且和浴池里的甬道相通！”林宇吃了一口方便面说。

蔡天点燃一根香烟，开始吞云吐雾，完全没有心情吃东西。尽管他们发现了甬道，可太多的疑问都没有办法解释，神秘人也没抓到，危机并没有解除。

林宇对蔡天说：“吃吧，现在有方便面吃就不错了，我们接下来要面对的或许更多。”林宇把最后一口汤都喝掉，又想起了躺在公共浴室里沈晓那云冰冷的尸体，他的心情更加沉重。

李莉捧起方便面桶一边喝汤一边说：“嗯，有泡面吃就不错了。”话音未落，她的脸就变了颜色，手中的方便面桶忽然掉在地上，有气无力地说道，“我怎么有点儿乏力，头好晕……”

话音刚落，林宇也有了这种感觉，视线慢慢模糊起来。

两个人都趴在了桌子上，昏沉沉地睡过去了……

（8）

“一切按计划进行！”琴琴把他们推倒在地，嘴角挂着阴笑，“很快，我们就要实现计划了！”

蔡天点点头。他看着倒在地上的林宇和李莉，脸上露出别样的神色。他似乎在犹豫是不是要真的杀害林宇。

“哥，你还在犹豫什么？这些人都没资格活着！”琴琴见蔡天犹豫不决，想帮他做一个决断。

“琴琴，我们这样做，真的对吗？”对此，蔡天产生了一丝疑惑。

“哥，他们都不该活着，是他们自找的！”琴琴的脑海里浮现出一年前的葬礼，她最亲的人永远离开了她，而他的死和这群人有着莫大的关系！

为了筹谋这个大计划，琴琴整整等了一年，她要用这些人的血去祭奠他，让他们真正付出生命的代价！她也很清楚，一旦这个计划实施，那么就再也没有回头路了……

琴琴对蔡天说：“哥，你把那桶面吃了吧，储存一些体力，那桶面我没有放安眠药。”

“等会儿吧！”蔡天帮琴琴把李莉和林宇的身体用绳子绑了

起来，然后才坐在椅子上，端起桌上的方便面桶吃起来。

没吃几口，他就觉得有些不对头了，蔡天的视线渐渐模糊了。他闭上眼睛倒在了沙发上，隐约还听到了琴琴的哭声。

“哥，对不起，我会独自承担后果！”琴琴抹去眼角的泪水，按下茶几正中间的开关。

地下室慢慢打开，她将林宇和李莉的身体拖到茶几下方的地下室里。她所期待的这一刻终于来了……

林宇和李莉慢慢睁开了眼睛，二人被眼前的场景吓了一跳，地下室里摆满了尸体。

何天博、胡佳、田丽、王杰、两个小女孩儿、黄婆婆、赵凡、沈晓云九个人都躺在地上，不知究竟是死了，还是被迷晕了。林宇和李莉对视一眼，两人都往对方的方向上挪了挪。

琴琴手里拿着一把银白色匕首，看着林宇和李莉然后一步步走向林宇，嘴角挂着一丝冷笑。

就在这时，林宇和李莉站了起来。这让琴琴大吃一惊，她指着他们质问道：“你们怎么……”

林宇挥了挥那把他一直藏在袖子里的匕首，不屑地说：“哼，你一定以为我们吃的是你下了药的方便面吧？”

“林宇，你早就怀疑我了？”琴琴冷笑道。

琴琴的计划出现了一点儿差错。可是，她明明看见林宇和李莉吃完了方便面，并且都昏倒在地上了！现在又是怎么回事？

“好了，告诉你吧，被你下了药的方便面已经被我调包了。

实际上，我跟林宇早就商量好了，要在你面前演这场戏！”李莉笑着说道。

“没错，旅行团的成员一一遇害，唯独你平安无事，并且你一点儿也不害怕。你身为幕后策划人员之一，黄婆婆、王杰等人遇害的时候，你却没有惊慌，这恰恰让你暴露了！”林宇说道。

琴琴面目狰狞道：“林宇，我还真是小瞧了你，早知道第一个就把你干掉了！”

林宇忽然跑到琴琴面前，猝不及防地一个手刀把她打昏。随后，又抱着她出了地下室，回到客厅里。

蔡天正在客厅的沙发上昏睡，林宇吩咐李莉将琴琴放在另外一张沙发上，他则去叫醒蔡天。

“蔡天，你快醒醒！”林宇半蹲在沙发前，拍打着蔡天的脸庞。

李莉说：“林宇，我们要想办法报警啊！”

“你忘了黄婆婆说过，地下室里有电话，我去找一下！”林宇回过头道。

“那你去地下室里看看，那部电话能不能打通。”李莉开心地说着，“你去我房间从包里拿手电筒。”

“好！”林宇说完，就往李莉的房里跑。他推开房门，看到李莉的床头放着一个黑色的包。他跑过去，拉开包，拿出手电筒。

林宇手里握着电筒，按下茶几上的开关。地下室的通道再次开启，迎面扑来一股焦味儿。林宇拿着手电筒，走了下去。

李莉看着躺在沙发上的蔡天和琴琴，脸上浮现出了莫名的笑容。

第九章　最后的结局

（1）

昏沉中，蔡天感觉自己宛如一团空气。他试图发出声音，可声带好像被人割去一样。他的前面是一座白色古旧的建筑物，他笑了，这是他拥有最美好回忆的地方。

蔡天清楚地记得，这个地方是孤儿院，他是被孤儿院的蔡院长捡回来的。蔡天本姓什么无从考证，这个名字是蔡院长给他起的。琴琴和蔡天一样。他们一直相依为命。直到去年，兄妹俩最在乎的人葬身于那场旅行之中。最可恨的是，当时旅行团中的人竟然无一人愿意伸出援助之手！

兄妹俩暗自在心里发誓，一定要让那群人付出应有的代价。

三个礼拜前，天涯市，一家咖啡厅。

“哥，这样真的行吗？”蔡琴琴一脸认真地问道，“如果他们不来怎么办？”

“放心，一定会来的。我给旅行社老板准备了一份大礼，你按照我说的去办，给那群家伙发一份匿名邀请函，透露一些关于九重图阵的传说。其他的事，我都安排好了！”

蔡天是个城府颇深的人，要不也不会制订出这场近乎完美的计划。

所有人都到位，只差赵凡。蔡天远程操控了沈晓云的电脑，删掉了林宇的邀请，又给赵凡发了一份邀请函，以及通往别墅的地图。没错，他要让那群人死无葬身之地！

从坐上大巴车开始，这群人就落入陷阱之中……

琴琴根本不是将他们领往艾里克湖，而是去往别墅。他们遇见的雪崩，是她计划中的一部分。雪崩是黄婆婆请人事先埋好的小型炸弹，在商量好的时间内，按下遥控器，能直接引爆，从而制造出雪崩的假象。

琴琴则故意把众人引到别墅，装作在不知情的情况下，跟黄婆婆相遇，赵凡也如期而至。

扮演神秘人的分别有两个：第一个是王杰，此次参演人员之一，只是他不知道在 A 计划之外，还有 B 计划，不然也不会带着两个孩子来了。第二个是蔡天，另外一个计划的执行者，他负责灭掉所有人！

琴琴本以为计划天衣无缝，可因为林宇误打误撞发现了客厅里的机关、监控摄像头，让所谓的真人秀表演提前曝光。无奈之下，唯有提前结束A计划。随后，B计划启动，他们将所有的人都留在别墅里。

蔡天在昏沉沉的梦中，突然想到了蔡院长，计划还没有完成，他绝不能倒下！

“你醒了？”李莉见蔡天醒了，刚想多说几句，突然看见蔡天面露诡异。她隐隐觉得这里面有些不对头，赶忙逃开。

蔡天看了看躺在沙发上的琴琴：“看来计划失败了？那就让我来裁决你们！”

“你什么意思？”李莉惊恐地向后退。

蔡天拿起茶几上的烟灰缸：“你们都会完蛋的！”

“你为什么要这么做？”李莉坐在地上问。

蔡天狰狞地瞪着李莉，一字一顿地吼道：“我现在告诉你，让你彻底明白！”

蔡天娓娓道出这次计划，他自认为这个计划非常完美，毫无瑕疵。他举起烟灰缸，一步步逼近李莉。

李莉惊恐地看着蔡天，蔡天靠近李莉，幽幽地说道：“你害怕了？”

李莉没有说话，她咬破自己的手指，在地上画了个东西。

蔡天惊呆了，李莉怎么懂得开启图阵？蔡天蹲下身子吼道：“你到底是什么人？”

李莉哈哈大笑道：“你忘了？一年前，你不是见过那个老酋长吗？我也见过他！”

“你也见过他？他跟你说了什么？”蔡天顿时慌了。他怎么能如此疏忽大意，遗漏了这么重要的一个人！

李莉并不知道如何真正地开启图阵，只是故意这样说。她想拖延时间，让林宇上来救她。李莉低着头沉默，并没有回答蔡天的话。

“他对你说了什么？难道和你说了如何开启九重图阵？”蔡天顿时傻眼了，老酋长连他都没有说过，又怎么会告诉这个小丫头呢？

“哼，我都知道，所有的一切我都知道！”而实际上，李莉什么都不清楚，她只是在拖延时间。

“好，那你说说，该怎么开启图阵！如果你说对了，或许我会好心把你给放了！”蔡天心中图谋着，希望从李莉的口中得到答案。

只是蔡天还没有意识到，林宇在地下室已经用电话报警了！

李莉知道自己拖延不了太久的时间，最容易的办法就是不说话。就在她和蔡天僵持的时候，蔡天已经把琴琴弄醒了。

琴琴一睁开眼睛，就发现林宇不见了，冲着蔡天惊呼道：“林宇呢？”

这时，蔡天才意识到，林宇真的不见了。

说实在的，蔡天对林宇还有一些兄弟情义的，并不忍心对林宇下手。可如果不下手，他的秘密就会被泄露出去。到时候，他和琴琴都会遭殃！现在的首要任务是找到林宇，不能让他从这里跑出去。

蔡天和琴琴都来审问李莉，逼她说出林宇去了哪儿。李莉咬紧嘴唇，一言不发。她知道，只有林宇的安全有了保障，她自己才有可能被救出去。

林宇在地下室里报警后，缓步向一楼走去，他慢慢推开头顶的移动板块，还没露出头，就被一把黑色的手枪顶住了脑袋。

“林宇，上来吧，这场游戏该收场了！”蔡天的声音幽幽传来。

这一刻林宇才恍然大悟，原来所有的一切都是他导演的！他看到琴琴用一把匕首架在李莉的脖子上。

林宇与蔡天相识多年，怎么也想不到蔡天会做出如此惨无人道之事。林宇很想知道，蔡天这么做是为什么。他说：“蔡天，你收手吧！不要一错再错！”

“闭嘴！再废话，我就毙了你！”蔡天说着，用枪顶了顶林宇的头。

“好啊，你想让我闭嘴，你告诉我，你为什么要这么做！你害死了这么多人，害死了我最爱的沈晓云，究竟是为了什么？”林宇问道。

“你还问我为什么？我为了蔡院长！我最在乎的人，也是我唯一的亲人！就因为沈晓云和这群没有同情心的人，所以他死了！”蔡天看着林宇道。

“啊？”林宇不太明白，“怎么会和晓云扯上关系？”

“去年院长本想跟我一起去旅行，我却阴差阳错跟你去考察了。他在回来的途中，心脏病突发……”蔡天有些气愤，说这些话的时候，浑身都在颤抖，“结果，没有一个人伸手相助！”

“那只是天意，和这些人无关啊！”

“什么天意？我今天就要逆天改命！”蔡天被仇恨蒙蔽了双眼。他想开启九重图阵，借此实现逆天改命的愿望。

蔡天为了这一刻的到来，不知等了多久！

(2)

蔡天给了林宇两枪，子弹正中林宇的左腿和右腿，血直往外喷！

离九星连珠还有十二个小时，好戏才刚刚开始！

蔡天听老酋长说过，想要开启九重图阵，必须有两个信物。其中一个信物，老酋长已经交到他的手上了。他相信，另外一个信物一定在林宇手中！

“说，你把老酋长给你的信物放哪儿了？现在就差这一个条件了，拿到了，我就可以改命，让蔡院长重新活过来！”蔡天已经杀红了眼，“只要蔡院长活了，我此生才算无遗憾了！”

林宇紧咬牙关，一个字都不说。蔡天看到他这样子就生气，把林宇和李莉用窗帘捆绑在一起。

蔡天把所有的心思都放在寻找老酋长给林宇的信物上，他跑到楼上。蔡天把林宇的背包翻了一个遍，也没有发现信物，便暗骂道：“妈的，把东西藏哪儿了？”

就在蔡天发火的时候，楼下传来李莉的声音，她肆意地笑着说道：“你们都被骗了！都被骗了！九重图阵根本不存在，都是老酋长编出来骗人的！”

“臭八婆，你给我闭嘴！”琴琴冲过去，给了李莉一耳光。

蔡天从楼上跑下来，盯着李莉问道：“你说的是什么意思？”

“我说老酋长是骗你的，就算你有两样信物，也开启不了图阵！”李莉蔑视地和蔡天说道，她完全忽视了这小子的智商。

“林宇，咱俩打赌，再过不久，九星连珠一定会开始。只要你给我信物，我可以饶你一条命！”蔡天了解林宇的性子，故意用激将法刺激林宇，还抛出一个活命的引子让林宇上钩。

“那好，蔡天，如果你不能开启图阵，就放了我们！”林宇也算是见机行事，借着此事拖延时间，争取早点儿离开这个鬼地方，“信物在晓云的背包里，我们就等九星连珠，看你能不能实现那个所谓的心愿！”

蔡天从沈晓云的背包里翻出了林宇的信物，那是一块刻有古怪文字的木牌，他的脸上露出了狰狞的笑容，心里有一种说不出的欢愉。

蔡天生性多疑，怕再生事端，破坏计划，他要把信物放好，这次他谁都不会相信了！

九星连珠的时辰还没到，林宇和李莉还有些时间可以拖延。蔡天本不想对林宇下手，可一旦林宇有任何阻止自己的行为，他的下场就和其他人一样！

蔡天坐在客厅的沙发上，望着绑在茶几旁的林宇和李莉。林宇失血越来越多，地板被染红了一大片，脸色苍白如纸。

看到这样的林宇，蔡天萌生了同情心。他蹲下身子，递给林宇一支烟。

林宇斜视着蔡天，心中说不出的愤恨。

下午三点十五分，距离九星连珠还有六小时四十五分钟。

“林宇，你总是成为我计划的意外。你变成现在这样，完全是咎由自取！”蔡天在林宇的耳边说道。

林宇嘬了两口烟，提了提神，狠狠地瞪了蔡天一眼，从牙缝里挤出一句话：“蔡天，你不要太自大，说不定最后输的是你！难道你就一点不惭愧王杰和两个孩子的死吗？你也真够狠心的，她俩还是不懂事的孩子！”

听到这里，蔡天的目光突然变得凶狠起来。他站起身，在林宇的面前踱着步子。

“王杰是一个懦夫，任何事情只知道受人摆布，工作如此，生活也如此！如果不是因为他的软弱，他的妻子也不会抑郁而终！琴琴捅他的那一刀，是在帮他，让他早点解脱。”蔡天狞笑着说，“还有那两个孩子，我本不想杀死她俩的。可她们真的太吵了。反正王杰活不了了，不如让她们陪他一起死好了！”

林宇从没想过蔡天竟然会变得如此冷酷。

蔡天悲怜地看着林宇，全然没有悔过之意。他吐着烟圈，暗自等待时间快速流过。

琴琴坐在沙发上，和蔡天聊着以后美好的生活。林宇冷冷地哼了一声，说道：“你们妄想，这世界上根本就没有这种神奇的力量，全都是骗人的！”

琴琴已经被九重图阵蒙蔽了双眼，她狠狠地瞪了林宇一眼，吼道：“你闭嘴！到了晚上十点，一切自会揭晓！”

客厅里顿时陷入了死寂，没有人再说话，都等待着时间快点儿到来。

林宇腿上的枪伤，让他陷入了昏迷。他靠在李莉的身上，昏睡了过去。不知不觉中，黑暗降临了。

李莉知道林宇昏迷过去了，她的心再次紧张起来。

入夜后，蔡天用脚踢了踢李莉，问道：“老酋长都和你说什么了？怎么才能开启九重图阵？怎么才能让这个图阵的力量增强？”

现在的蔡天完全着魔了，一心只想让蔡院长起死回生。

“就算你杀了我！我也不会告诉你的！”李莉冷笑着，紧咬嘴唇，把脸转向林宇那边。

蔡天一把抓住李莉的头发，脸上露出阴冷的表情。他死死地扼住李莉的脖子，狞笑着问道：“现在，你有两个选择：要么告诉我，要么死在我的手里！”

林宇感到蔡天在耳边咆哮，从昏沉中睁开眼睛，他有气无力地对蔡天喊道：“蔡天，放开她！对一个女人要狠，你还算个男人吗？”

“林宇，你以为你是谁？”蔡天再也不顾及兄弟情义，“现在连你的命都在我的手上，还有什么资格教训我！”

“蔡天，你这个自私鬼！”林宇低声咆哮着，“有能耐冲我来，冲我来！”

“哈哈哈……”蔡天仰头长啸，“林宇，没想到临死了你还要英雄救美人呢，可你只是个狗熊！不，连狗熊都不如！”

“你！”林宇向前一倾，脑子又有些昏沉，他真的没有力气和蔡天抗衡，“蔡天，有能耐就冲我来！”

“林宇，我不值得你为我这样，你要保持体力！”李莉在林宇的背后说道。

“哎哟哟，看你们俩这互相安慰的劲儿，真是令人艳羡！”蔡天眯缝着眼睛，“不过，李莉说得没错，她不值得你这么做，我是主宰你们生命的人！林宇，有件事情，我到现在都没和你提过。林宇，我嫉妒你、恨你，你知道吗？上大学的时候，我喜欢上一个女生，却没有想到她接近我竟然是想和你交往！我最爱的女生，竟然喜欢上了你！把你牵扯在这次的计划里，也因为我的报复心吧……”

“我……”林宇没有想到，蔡天会因为这件事迁怒到自己身上，他竟然隐瞒了这么多年！

“还有，你知道赵凡是怎么出现在沈晓云身边的吗？是我安排的，我要看着你们的婚姻破碎，眼看着你遁入痛苦，眼看着你一蹶不振！”蔡天每一句话都戳着林宇的心窝，让他疼痛不已。

这种疼已经超越了林宇身上的伤痛，那是来自心底的疼……

“蔡天，我们不是好兄弟吗？你怎么能这样？”林宇问道。

“只能说是我瞎了眼，让你做我的兄弟！我最讨厌那些对爱情不忠的人。既然她背叛了你，就算不和赵凡在一起，以后也一样会背叛你！所以，不如除了她，也算是帮你了，对吧？”蔡天一字一顿地说着，嘴角又泛出了笑意，“还有，你给赵凡发的那封邮件已经被我远程删除了，我用沈晓云的语气给他发了一封，并且附带了到别墅的地图！这也是我计划中的一部分。在背叛中，一个人死，不如两个人都死……”

林宇的心彻底绝望了，看来一切蔡天都算计好了。

（3）

“还有，或许你还不知道吧，你刚才要救的这个女人，她并不是真正要来旅行的李莉！”蔡天捏着李莉的下巴说道，“她只是一个可怜的女人，一个听信了老酋长话的女人。至于她混入这里的目的，还是让她自己来告诉你吧！”

绝望已经占据了林宇的心，李莉就是压垮他心理的最后一根稻草。他扭过头去，看着李莉煞白的脸。林宇问道："他说的是真的吗？"

李莉垂下头来，一副十分沮丧的样子，最终还是说了出来："没错，我和真正的李莉是同学。因为想要参与这次的活动，偷了她还没有看过的邮件，来赴约。只因为那封邮件里，除了艾里克湖是我感兴趣的之外，还提及了我们的家族，九重图阵并不是外人能知道的事情，我对此十分好奇……"

"你说什么？"蔡天顿时惊了，"你说九重图阵是你们家族的？那你一定懂得怎么开启图阵了。你来帮我，我给你好处！"

李莉脑筋一转，萌生出了一个念头，她对蔡天说道："我帮你可以，但我有一个条件！"

"什么条件？只要你帮我忙，什么都好说。"蔡天说道。

"你要放了我跟林宇！"李莉说道。

听了李莉的话，蔡天脸色一变。林宇立刻补充道："如果你放了我们俩，我们俩保证一个字都不会说出去！你想用这个图阵做什么，我们俩都不管！"

林宇的话依旧没有打动蔡天。这是个赌局，如果林宇反悔，那么他和琴琴都会死！

"老酋长和我说完那些话之后，我回到天涯市查过关于九重图阵的资料。在一本名为"创世纪"的书上，我找到了关于九星连珠和九重图阵的资料。据书上记载，十年前，在某神秘部落天葬仪式上，就遇到了九星连珠，结果发生了很神奇的事情——棺材里的人复活了！复活人的背后竟然出现了诡异的图案，就是老酋长说的九重图阵！”林宇把自己找到的资料都告诉给了蔡天，希望这段话能够让他动心。

听了林宇的话，蔡天的确动心了，只要答应他们的条件，成功开启图阵，复活了蔡院长，他的心愿也就了了。

“好！我答应你！”蔡天一口应了李莉的要求。

琴琴反对道：“哥，你就不怕他们出去报警？绝对不行！”

“琴琴，你别这样！”蔡天对琴琴挤眉弄眼地说道，“毕竟，林宇和我这么多年的兄弟，我也不忍心看着他死在我的面前，放就放了。还有李莉，她也是为了自己家族。恐怕冲着这一点，她也不会说出去的。”

琴琴明白了蔡天的话外之音，只能把未说完的话吞回肚子里。

只是在蔡天打着如意算盘的时候，李莉也同样打着如意算盘。她表面上答应了蔡天的要求，实际上她想通过这次启动图阵，让蔡天输得一塌糊涂！

“蔡天，你打算什么时候把尸体弄进来？”李莉抬头询问道。

“不着急。现在离九星连珠还早，我们慢慢等，我会让你们两个跟我一起见证奇迹！我等这一刻足足等了一年，那些人也多活了一年！”蔡天想起这些，情绪便异常激动，胸脯急剧地起伏，脸变得通红，浑身都跟着颤动。

蔡天慢慢恢复平静后，在林宇耳边说：“林宇，她因为你的原因，永远离开了我。这些年我所受的痛苦，我都会以十倍的代价还给你！”

“那不是我造成的……”林宇突然觉得死亡离他这么近。

确实如此，那时候林宇拒绝那个女孩儿，也是为了沈晓云。

林宇只喜欢沈晓云，并不喜欢她。结果，拒绝她之后，第二天晚上，那女生就在寝室自杀了。如果林宇不拒绝她，她也许就不会死。正应了那句，我无害伯仁之心，伯仁却因我而死。

蔡院长出事，也是因为林宇邀请蔡天一起去调查一个案子。如果不是因为他不在，或许蔡院长也不会死……

蔡天把所有的怨念强加在林宇身上。不仅仅是因为这些都源于林宇，更是因为蔡天内心深深的仇恨！

“都是你，都是你！”蔡天越来越激动，“除了复活蔡院长之外，我要让她也复活！让她重新走入我的世界，一个没有你的世界！”

“什么？”林宇十分震惊，“我以为你只想要复活蔡院长。九重图阵可以复活两个人吗？如果只能复活一个呢？”

林宇说的情况，蔡天还没有想过。

“如果只能复活一个……”蔡天陷入深思，“如果只能复活一个，我选择让她复活。蔡院长一定能够体谅我的用心，他也一定希望我幸福吧！”

林宇狂笑道：“蔡天，你一定会失败的！”

“我现在具备天时、地利、人和，我还会失败吗？”蔡天冷冷地说。

林宇亦不甘示弱："我们走着瞧！"

（4）

琴琴听了蔡天的话，愣住了，她反问道："哥，你不是说一定要救活蔡院长吗？怎么……"

"蔡天，你收手吧，你不会成功的！"林宇不断磨着茶几，希望能把绑在身上的布割断。

蔡天对准林宇狠狠踢了一脚，狰狞地说："你给我闭嘴，我一定要救活她！"

"哥，我们要救蔡院长啊，你答应过我的！"琴琴试图劝说蔡天。

"琴琴，对不起，如果真的只能复活一个，我宁愿复活的是她，我要和她远走高飞！"蔡天似乎已经看到了他和心爱的女子在一起的场景，幸福地笑着。

"哥，你竟然骗我！"蔡琴琴十分生气，她一个人跑到了一楼的走廊里。

"林宇，这辈子能认识你，我很高兴。你好好珍惜余下的时间吧！你会成为救活她的祭品，这也是为了弥补你当初犯下的错！"蔡天自觉已经胜利在望了。

琴琴的眼泪簌簌地往下掉，蔡天怎么能说放弃就放弃呢？她拿定了主意，一定要改变蔡天对这件事的做法！

李莉定睛看着窗外，显然她还在期盼，期盼着有救星能从天而降，能让她活着离开别墅。

林宇的心也沉了下来，本以为他在这里能见到那个叫“美丽”的群主，他起初以为是李莉，现在李莉的身份也是假的，那么这个真的“美丽”又在哪儿呢？

别墅里兄妹俩发生的小摩擦，在蔡天看来只是微不足道的事情，可就是因为这微不足道的事情，改变了这一切！

而在别墅外面，出现了这样一群人，他们手持枪械，潜伏在各个角落里。为首的人用对讲机对大家低声说：“一切行动听指挥，确保人质安全！”

时间一分一秒缓缓流逝。蔡天心里清楚，他期待已久的梦想，将要在今夜变为现实。蔡天偷偷看了林宇一眼，无论结果如何，他都要除掉林宇和李莉，他们俩知道的事太多了。

“最后一小时！”蔡天兴奋地喊着。

别墅外头刮起了狂风，别墅外的那群人被冻得直打哆嗦，别墅里的情况也十分紧张。

琴琴从一楼的走廊里走了回来。她一脸愤怒地盯着蔡天，吼道：“哥，我要救活院长，你不能阻止我！”

“哼……”蔡天冷冷地哼道，“琴琴，你别傻了！就算复活院长，他也活不了多久了。只有复活她，才能成全我的生命！”

琴琴哭着说："你变了，你不是我认识的蔡天！"

"随便你怎么说。反正，我一定要救活我最心爱的女人！"蔡天十分坚决。

半个小时后，天上的黑云逐渐散开，暴风雪也停止了。

蔡天走到餐桌前，蹲下身子扭动开关，餐桌慢慢沉了下去，浮上来一张桌子，上面摆了九具尸体，背部均刻有九重图阵。

蔡天走到窗前，他想象着九大行星应该开始慢慢移位，最终完全连成一线。时间九点五十六分九星连珠开始了！

蔡天抽出腰间的手枪，慢慢走到茶几旁："妹妹，帮我解开李莉身上的绳子，我要她来开启九重图阵！"

琴琴解开李莉的绳子，眼里流露出异色。她猛然夺过蔡天手中的枪，指着蔡天哭喊道："哥，我要你救活院长，不然，我开枪杀了你！"

"别闹了，我知道你不会开枪的！"蔡天慢慢靠近琴琴，想从她的手里把枪抢回来。

琴琴双手握着枪，对蔡天说道："别过来，我要开枪了！"

"砰！"一声枪响，子弹打在了蔡天的腿上。

"我一定要救活院长！"琴琴看着倒在地上的蔡天，坚决地说，又用枪指着李莉，"你，过去帮我开启图阵！"

李莉在走过去的那一刹那，用手在后背部给林宇打了个暗语。她的脑袋被琴琴用枪顶着，和琴琴一同来到餐桌前。

李莉猛然一个转身，把手里的烟灰缸对准琴琴的脑袋砸了下去。琴琴被打了个措手不及，她捂着太阳穴，枪掉在地上。

蔡天迅速捡起了枪，对准李莉的右腿开了一枪，李莉疼得倒在地上。

就在这千钧一发的时刻，林宇抓起茶几上的坚硬物品朝蔡天丢去，正好击中蔡天的脸部。蔡天扶着餐桌的桌腿，慢慢站了起来，手里握着枪，指着李莉："你给我快点儿开启图阵！我要让她活过来！"

蔡天对着天花板开了一枪，显然是在警告李莉。而李莉在蔡天的要挟下被迫走到餐桌前，嘴里念着类似咒语一样的语言。

没过多久，神奇的事情发生了，窗外一片漆黑，天上的九星连珠，竟然散发出了白光！

"要来了，我最爱的女人就要复活了！在这场游戏里，我才是真正的大赢家！没有人可以破坏我的计划，没有人！"蔡天忽然大声喊着，他终于等到了这一天！

蔡天握紧手中的枪，定睛看着面前的李莉。那些尸体的背部忽然发红，九重图阵开始发挥作用了，他所期待的事就要实现了！当他以为终于可以让最心爱的女人复活时，背后忽然传来了"砰"的一声枪响。与此同时，他手里的枪被人射掉了。

蔡天徐徐转身，看着背后，他的后面站了一群身穿黑色制服的人，分别拿着不同型号的手枪，正对准了他。

"怎么回事？我不会失败的！不可能啊！"蔡天大声叫道。

"蔡天，你已经彻彻底底地输了！"林宇靠在茶几边，脸上露出胜利的笑容，他捂着伤口说道，“蔡天，你可能想不到吧，天无绝人之路，我在地下室里找到了黄婆婆说的座机，成功报了警！”

蔡天此刻才完全明白，他中计了。林宇一直在拖延时间，等待警察的救援。

林宇笑吟吟地说：“别忘了，我是一名侦探。虽然你的计划看起来天衣无缝，但还是被我识破了。我早就怀疑你了，只是一时拿不出证据。现在好了，你自己把一切都说了出来。”

蔡天叫道：“林宇，不得不承认，你是一名优秀的侦探，我还是输给了你！”

李莉忍着伤口的疼痛，对蔡天说道：“实际上，根本就没有九重图阵。你看到这些尸体的背部之所以会发光，是因为我刚才偷偷给林宇打手势，叫他将烟灰缸给我的同时，也在里面撒了我化妆用的荧光粉！”

当蔡天恍然醒悟的时候，他已经被警察生擒了。

“真没想到，我精心设计的计划竟然因为你们一败涂地！”蔡天十分沮丧，自己创造的一切都被林宇和李莉毁了。

蔡天身旁的一名警察给他戴上手铐，说：“老实点儿！为了能抓到你和你妹妹，我们差点儿被冻成冰棍！”

蔡天站在那里，看着林宇，心中说不出的滋味。突然，他从袖子里拿出一把小匕首，对准自己的脖颈用力一划，炽热的血液溅了身旁的警察一脸。

“哥，不要啊！”琴琴见蔡天自尽，号啕大哭起来。

林宇和李莉被警察救走了，琴琴也被带走了。蔡天的计划失败了。

蔡天的灵魂永远留在了别墅里，连同另外九个人，永远留在了别墅……

尾声　被掩盖的真相

在结案之后，叔叔带着我，一起去过一趟监狱。

我见到了那个叫琴琴的女人。她坐在我们对面，身上穿着蓝色的囚服，头发被剪短了。她的脸上带着一些倦容，双眼血红，完全失去了往日的光泽。

林叔叔走过去，拿起面前的听筒，问道："琴琴，你还好吗？"

"不好，林宇，这一切都是你的错！"琴琴隔着玻璃窗，大声哭喊道。

叔叔调整了一下呼吸，说道："我并没有猜到，你竟然是蔡天的妹妹。"

琴琴哭泣道："你是来看我的笑话吗？不过，没关系，我们已经为院长报了仇，那些人都死了！对于这种结果，我也知足了。"

琴琴的反应，令叔叔很愧疚。他吐了一口气，对琴琴说道：

“我在他那本《迷幻阵》里发现了一封信。对于你们这次的行动，他早已经有了心理准备。他还在你的银行卡里存了一大笔钱。好好改造，等你出来后，应该可以衣食无忧了。”

蔡琴琴整个人伏在隔离窗前，哭得撕心裂肺。狱警怕她的情绪过于激动，把她带回了监狱。

我和叔叔一起走出监狱。

骄阳已经探出头来，树上的积雪开始慢慢消融，待到来年又是春暖花开。